Anja Bölling

Die Toten von Chania

Anja Bölling, Jg. 1974, gelernte Bankkauffrau, lebt mit ihrer Familie in Mülheim an der Ruhr. Nach der Geburt ihrer Tochter 2005 hat sie mehrere Kinderbücher veröffentlicht. Seit über einem Vierteljahrhundert bereist sie Kreta. Die Verbundenheit zu der Insel inspirierte sie zu diesem ersten Kreta-Krimi.

Anja Bölling

Die Toten von Chania

Talos und die Steinmännchen

Bibliografische Information Der Deutschen Bibliothek
Die Deutsche Bibliothek verzeichnet diese Publikation in der Deutschen Nationalbibliografie; detaillierte bibliografische Daten sind im Internet über http://dnb.ddb.de abrufbar.

Verlag Dr. Thomas Balistier
Egartstraße 19
D-72127 Mähringen
www.kreta-buch.de

1. Auflage Mähringen 2022
Redaktionelle Beratung: Ulla Fuchs
Umschlag: PEAK Agentur für Kommunikation GmbH, Tübingen
Umschlagfoto: Jean Bienvenu, Chania
Satz: die:umsetzer Agentur, Ammerbuch
Herstellung: bookpress.eu, Olsztyn (Polen)

ISBN 978-3-937108-40-7

Für
Markus & Lena

Kretas Geheimnis ist tief;
wer seinen Fuß auf diese Insel setzt,
spürt eine seltsame Kraft in die Adern dringen,
und die Seele weiten…
(Nikos Kazantzakis)

1

Geduldig wartend stand er in einer engen Nische der alten Steinmauer. Die Dunkelheit bot ihm Schutz vor dem riesigen Vollmond, der den gesamten Hafen mit einem hellweißen Licht überzog und das sonst tiefschwarze Meer zum Glitzern brachte. Sein Platz im Schatten des Mondes war gut gewählt. Fast unsichtbar, hatte er freie Sicht auf die *Magdalena*. Sie war eine der größten und mit Sicherheit die teuerste Yacht, die zur Zeit in Chania vor Anker lag. Kleine Wellen schlugen plätschernd an die Bordwand.

Die Umrisse der Menschen – drei Frauen und drei Männer –, die sich an Bord befanden, waren gut zu erkennen. Er konnte auch ihre Stimmen hören, aber nicht verstehen was sie sagten, da ihre Worte von fröhlicher Musik übertönt wurden. Seit einigen Stunden wurde gefeiert. Die Stimmung war ausgelassen, insbesondere die jungen Frauen schienen gute Laune zu haben.

Nachdem es kurzfristig still geworden war, wurde es nun plötzlich auf Deck laut und hektisch. Aufgeregte und zum Teil wütende Stimmen tönten durcheinander. Er versuchte einen besseren Blick auf das Geschehen an Bord zu bekommen und zu verstehen, was dort passierte. Offensichtlich war die Stimmung gekippt und die Party war zu Ende. Zunächst liefen die drei jungen Frauen schimpfend und etwas wankend über den Steg. Wieder auf festem Boden, kam ihre gute Laune zurück, und sie liefen Arm in Arm leicht angeheitert über den Kai Richtung Altstadt.

Als er merkte, wie dicht sie an ihm vorbeikommen würden, zwängte er sich erschrocken und fast schon panisch mit aller Kraft und soweit es irgendwie ging in sein dunkles und enges Versteck. Die spitzen Steine der alten Mauer pressten sich durch sein dünnes T-Shirt tief in seine Haut. Beinahe hätte er vor Schmerz aufgeschrien. Mit äußerster Mühe gelang es ihm, sich nicht zu verraten. Die Frauen liefen lachend an ihm vorbei. Sie hatten ihn nicht bemerkt.

Kurz darauf, seine Haut brannte inzwischen wie Feuer, verließen auch zwei Männer die Yacht und folgten den Frauen auf dem Kai.

Er konnte sich keinen Reim darauf machen, was da passiert war, aber er begriff sehr schnell, dass sich ihm hier die Chance bot, auf die er gewartet hatte. Er wusste genau, wer jetzt noch an Bord der *Magdalena* war. Es war der Richtige. Die Gelegenheit zum Handeln war da, heute Nacht, es gab keine andere Möglichkeit.

Er griff in den braunen Lederbeutel, den er mitgebracht hatte und kontrollierte den Inhalt. Es waren fünf sorgfältig ausgesuchte Steine von unterschiedlicher Größe und Schwere sowie ein Paar Handschuhe. Er nahm den Beutel, versicherte sich, dass niemand in der Nähe war, verließ sein Versteck und huschte lautlos den Kai entlang zur *Magdalena*. Am Steg angekommen, zog er die Handschuhe an, atmete fünfmal ein und aus und ging dann in gebückter Haltung langsam über den Steg auf die Yacht.

Wenige Meter vor ihm saß der von der Party übriggebliebene Mann mit dem Rücken zu ihm auf einem Holzstuhl und schaute auf den silbrig schimmernden Leuchtturm von Chania. Er hatte ein Glas in der Hand und nicht die geringste Ahnung, dass dieses schöne Bild das letzte seines Lebens war.

Vorsichtig nahm er den größten Stein aus dem Beutel und hielt ihn fest in seiner Hand. Dann ging alles sehr schnell. Mit wenigen Sätzen sprang er von hinten auf den Mann zu und schlug ihm so kräftig er konnte mit dem Stein auf den Kopf. Die Schädeldecke zerbarst, das Glas fiel klirrend auf den Boden. Er sackte mit einem dumpfen Seufzer in sich zusammen, kippte vom Stuhl und war bereits tot, als er auf dem edlen und teuren Holzboden der Luxusyacht aufschlug. Langsam bildete sich eine immer größer werdende Blutlache.

Er war überrascht, dass es so einfach gegangen war. Es war das erste Mal, dass er einen Menschen getötet hatte. Kurz verharrte er und betrachtete den Toten nachdenklich. Als er die anderen vier Steine aus dem Beutel nahm und sie auf dem jetzt blutigen größten Stein auftürmen wollte, musste er sich sehr konzentrieren, damit das seinen zittrigen Händen auch gelang.

Schließlich betrachtete er eine Weile zufrieden sein Werk. Er vergewisserte sich, dass ihn niemand beobachtet hatte und huschte so lautlos wie er gekommen war von der Yacht. Zügig lief er über den mondbeschienenen Kai und verschwand in den verwinkelten Altstadtgassen von Chania.

2

„Bitte stellen Sie Ihre Rückenlehne aufrecht und schnallen Sie sich an. Wir befinden uns bereits im Landeanflug auf Kreta. Die Temperatur beträgt momentan 28 Grad. Es weht ein leichter Seewind. Wir wünschen Ihnen einen angenehmen Aufenthalt."

Entspannt lehnte sich Jannis Nikopolidis in seinem Sitz zurück und genoss den Blick auf das Meer und die Küste Kretas. Nur fünfzig Minuten nach dem Start in Athen setzte die kleine Maschine am Ioannis-Daskalogiannis-Flughafen in Chania auf. Sein Herz hüpfte, als der Pilot den Gegenschub einlegte und das Flugzeug sicher auf die Parkposition manövrierte.

Jannis nahm seinen alten Lederrucksack und begab sich zum Ausgang. Höflich verabschiedete er sich von der Stewardess und stieg die Treppe hinunter. Als er kretischen Boden betrat, atmete er tief ein. Warme, salzige Luft durchströmte seine Lungen. Ein leichter Windzug fuhr ihm durch sein weißes Haar. Jannis genoss den Moment und lächelte glücklich.

Er trug eine beige weite Stoffhose, und sein helles Hemd flatterte um seinen kleinen Bauch. Früher hatte Jannis eine durchtrainierte Figur gehabt, doch heute erlaubte er sich immer öfter den Genuss eines leckeren Essens und eines guten Weines. Trotz des kleinen Bauchansatzes war er ein sehr attraktiver Mann geblieben.

Mit den anderen Passagieren ging er zum Gepäckband und wartete geduldig auf seinen Koffer.

Lange hatte er sich auf diesen Urlaub gefreut. Vor genau einem Monat war er mit 58 Jahren vorzeitig pensioniert worden.

Wie fast jedes Jahr, wollte er auch in diesem Sommer der staubigen Hitze in Athen entfliehen. Durch seine Pensionierung hatte er nun viel Zeit. Jannis wollte die nächsten drei Monate auf Kreta bleiben, alte Freunde besuchen, das leckere Essen genießen und viel Zeit in der Natur verbringen.

„So eine lange Zeit war ich das letzte Mal vor fünf Jahren hier“, dachte Jannis. Ein kleiner Stich durchfuhr sein Herz. Damals war seine Frau Agda nach langer Krankheit gestorben. Es hatte ihm das Herz gebrochen. Agda war nicht nur seine Frau, sie war auch seine beste Freundin und Vertraute gewesen. Sie hatten viel Schönes gemeinsam erlebt und so gerne zusammen gelacht. Der Name Agda bedeutet *die Gute*. Das passte, denn genau das war sie. Die Gute!

Nach ihrem Tod flüchtete er nach Kreta. Mit Agda und der gemeinsamen Tochter Nike hatten sie viele Urlaube hier verbracht und gute Freunde gefunden.

Damals hatte Jannis sich eine lange Auszeit hier genommen. Zehn Wochen bei seinen Freunden hatten ihm geholfen, mit seiner Trauer umzugehen und neuen Lebensmut zu fassen. Seitdem verspürte er eine noch größere Verbundenheit mit dieser wundervollen Insel und ihren Bewohnern.

Jannis wurde aus seinen Gedanken gerissen, als sein Koffer um die Ecke kam. „Puh!“, entfuhr es ihm, als er ihn mit einem kräftigen Ruck vom Band zog. Ein kurzer Schmerz durchfuhr seinen Oberarm. Er packte seine Sachen zusammen und schlenderte gemütlich durch den kleinen Flughafen. Zielstrebig ging Jannis zu einer winzigen Autovermietung. Es war eher ein Stand, als ein richtiges Büro. Eine grüne Reklametafel mit rostigen Nägeln drohte jeden Moment umzufallen.

„Jássou Janni!“ wurde er begrüßt. Vor ihm stand ein kleiner sonnengebräunter Kreter in durchgeschwitztem weißem T-Shirt.

„Jássou Apostoli“. Die beiden Männer umarmten sich herzlich.

„Ich habe dir meinen besten Wagen reserviert“, rief Apostoles begeistert und zeigte auf einen winzigen roten Panda. Jannis erschrockenes Gesicht ließ ihn laut lachen. „Du hast am Telefon gesagt, dass du einen kleinen Flitzer möchtest, mit dem du durch die Berge fahren kannst“, sagte Apostoles grinsend.

Jannis schmunzelte. Den kleinen Flitzer hatte er sich eigentlich etwas sportlicher vorgestellt, doch der rote Panda war entzückend. „Fährt er überhaupt?“, neckte er Apostoles.

Der war schockiert. „Alle meine Autos sind technisch einwandfrei. Der Kleine hier hat erst 127.000 Kilometer runter.“

„Und die Bremsen?“ Jannis fuhr sich mit gespielter Verzweiflung durch sein Haar.

„Hat er!“, nickte Apostoles. Verdutzt schaute Jannis den Autovermieter an. „Das war ein Scherz. Janni, du kennst mich. Meine Autos sind vielleicht nicht die neuesten und haben auch den einen oder anderen dekorativen Rostflecken, aber ich würde dich nie in Gefahr bringen.“

Jannis nickte. Er glaubte ihm, und die Entscheidung für den kleinen Wagen war bereits gefallen.

Jannis packte Koffer und Rucksack in den Kofferraum, verabschiedete sich von Apostoles und fuhr los.

Obwohl er dem Autovermieter vertraute, machte er zur Sicherheit eine ordentliche Bremsprobe. Nichts wäre verheerender, als wenn bei einer Bergtour auf den schmalen Straßen die Bremsen versagten. Doch der kleine Panda tat was man von ihm verlangte.

Gut gelaunt brach Jannis auf, und das Auto ratterte zuverlässig. Er genoss den Fahrtwind durch das heruntergelassene Fenster. Jannis verließ die Halbinsel Akrotiri, wo sich der Flughafen von Chania befand, und fuhr durch die Bucht von

Souda. Hier konnte man riesige Kreuzfahrtschiffe vor Anker liegen sehen.

Fröhlich folgte er der Küstenstraße und durchkreuzte nach einer knappen Stunde die Touristenstadt Platanias. Wo früher nur vereinzelt ein paar Hotels und Tavernen standen, sah es heute aus wie in einem Freizeitpark. Dicht an dicht drängten sich die Geschäfte, überall tönte laute Musik, und es blinkten grelle Lichter. Jannis schüttelte entsetzt den Kopf. Die Autos quälten sich durch die kleine Hauptstraße.

Er kam nur langsam voran und war froh, als er Platanias hinter sich hatte. Endlich kam die kleine Brücke, die nach Gerani führte. Durchgeschwitzt aber glücklich bog er von der Hauptstraße ab. Der Panda hinterließ eine riesige Staubwolke, als er die mit Schotter bedeckte Einfahrt zur *Villa Alpha* entlangfuhr.

3

Als Jannis ausgestiegen war, streckte er sich und betrachtete verliebt das alte Appartementhaus. Seit einunddreißig Jahren kam er mit Nike und Agda hier her. Damals war Nike noch ein Kind. Inzwischen war sie eine erwachsene Frau und hatte selbst ein kleines Mädchen, Mirabella und drei Jahre alt. Es machte Jannis traurig, dass Agda dieses wunderbare Geschöpf nicht hatte kennen lernen dürfen. Mirabella und sie hätten sich wunderbar verstanden. Seine Enkelin war sein ganzer Stolz, und er freute sich, dass Nike, sein Schwiegersohn Aris und Mirabella ihn in ungefähr einem Monat hier besuchen wollten.

Langsam ging Jannis um das Haus herum. Seit seinem ersten Besuch vor drei Jahrzehnten hatte sich hier nicht viel geändert. Und genau das liebte Jannis. Auf diese Beständigkeit war Verlass. Die *Villa Alpha* erstrahlte in diesem Jahr in einem hellen Gelb. Das war die einzige Neuerung, die es hier jährlich gab: der Anstrich. Von Weiß über Rot über Gelb, und sogar leuchtendes Grün hatte er schon erlebt. Jedes Jahr wurde das Haus neu angestrichen. Jannis vermutete, dass es hauptsächlich dazu diente, die vielen kleinen Risse in den Mauern zu überdecken. Wenn man sich die Wände und Decken genauer anschaute, fanden sich überall kleine und auch große Spalten. Auf Kreta gehören Erdbeben fast täglich zum Leben und hinterlassen ihre Spuren.

Jannis schlenderte an den Palmen vorbei und strich vorsichtig über den rauen Stamm. Er konnte sich noch genau daran erinnern, wie Helios, der Besitzer der *Villa Alpha*, sie vor Jahren gepflanzt hatte.

Seitdem wuchsen sie unaufhaltsam. Selbst die Invasion der roten Palmen- rüsselkäfer konnte ihnen nichts anhaben. Dieses Jahr reichten sie bereits über den ersten Stock hinaus.

Vor der steinernen Wendeltreppe stand ein großes Weinfass, in dem pinkfarbene Geranien blühten. Beschwingt lief er die Stufen hoch in die obere Etage. Die *Villa Alpha* war ein Appartementhaus mit sechs kleinen Appartements. Drei oben und drei unten. Von seiner Wohnung konnte Jannis direkt aufs Meer sehen: das Haus stand unmittelbar am Strand. Eine schönere Unterkunft konnte er sich gar nicht vorstellen.

Wie immer, steckte der Schlüssel in der Appartementtür und wartete auf ihn. Wohnung A1! Er wusste, dass die Besitzer Nikos und seine Frau Sofia ihn später begrüßen würden.

A1 war das größte Appartement, und vom Balkon hatte man einen wunderschönen Blick auf das Meer und die vorgelagerte Insel Agii Theodori. Jannis liebte diese kleine Insel, die Tochter Nike immer Dracheninsel genannt hatte. Tatsächlich hatte die Insel Ähnlichkeit mit einem Drachen, der im Meer liegt und sein Maul öffnete. Kostas, der Inhaber des Hotels nebenan, hatte ihm einmal die Geschichte dazu erzählt. Der Sage nach lag ein gefährliches Monster im Meer und griff die Menschen an der Küste an. Theodoros hatte es dann in einen Felsen verwandelt, weshalb die Insel jetzt den Namen Agii Theodori trägt.

Jannis öffnete die Tür, und ein angenehmer Geruch von chlorhaltigem Reinigungsmittel stieg ihm in die Nase. Anscheinend hatte die Putzfrau gerade erst das Appartement fertig gemacht. Es war tadellos sauber, und Jannis fühlte sich wie immer gleich wie zu Hause.

Er warf den schweren Koffer auf das Bett. Ein weißes, gut gestärktes Laken lag gefaltet am Fußende. Das war alles, was man in den warmen Sommermonaten hier nachts benötigte.

Jannis entdeckte auf einem der Holzstühle die große gelbe Tasche, in der seine Sachen aufbewahrt wurden, wenn er in Athen war. Nikos verstaute den Beutel immer in der Abstellkammer. Seit Jahren hatte sich das eingebürgert, damit Jannis nicht ständig alles hin und herschleppen musste. Er öffnete neugierig das dünne Tau. Auch wenn er die Tasche selbst gepackt hatte, war es für ihn jedes Mal eine Überraschung, was sich alles darin befand. Nach ein paar Monaten hat man schon mal das ein oder andere vergessen können.

Jannis zog einen Schnorchel aus der Tasche, eine Luftmatratze, eine Mückenkerze und zwei frisch gewaschene Strandlaken. Er vergrub das Gesicht in dem flauschigen Stoff und atmete den Duft des Waschmittels tief ein. Nikos ist ein Schatz, dachte er dankbar und legte die Tücher auf das Bett. Jannis zog ein altes Beachball-Spiel aus der Tasche und schmunzelte. Ob Mirabella dieses Jahr vielleicht schon einen Schlagabtausch mit ihm am Strand machen würde? Mit Nike hatte er wahre Matches in der Hitze bestritten. Immer hin und her – ohne den Boden zu berühren. Beide waren sehr ehrgeizig und erst zufrieden, wenn sie ein schönes Spiel gemacht hatten. Einmal hatten sie es sogar bis Tausend geschafft. Danach waren sie völlig erschöpft, und Agda hatte sie zur Belohnung zu einem großen Eisbecher eingeladen.

Als nächstes folgten seine Badelatschen und zwei Bücher, die Nike ihm geschenkt hatte. Immer wieder hatte Jannis sich vorgenommen, sie im Urlaub zu lesen, doch immer blieb es bei dem Vorhaben. Er verbrachte seine Zeit lieber in der Natur. Neben traumhaften Stränden reizten ihn auf Kreta historische Plätze, an denen man wunderbar wandern und gleichzeitig etwas über längst vergangene Kulturen erfahren konnte. Er liebte es, alte Steine zu erforschen und bewunderte die hiesige Flora und Fauna. Doch vielleicht würde er diesmal die Bücher lesen. Zeit hatte er jetzt genug.

Dann hielt Jannis ein Kreuzworträtselheft in der Hand und schaute es erstaunt an. Wann soll ich das denn gekauft haben, überlegte er und kraulte sich nachdenklich in den Haaren. Neugierig blätterte er darin herum. Nur die erste Seite war ein wenig beschrieben, und Jannis erinnerte sich. Er hatte es sich vor zwei Jahren am Flughafen geholt, als er in Athen lange auf den Abflug warten musste. Eine Störung am Gepäckband hatte zu enormer Verzögerung geführt, und Jannis hatte nach einer sinnvollen Beschäftigung gesucht. Er warf es mit Schwung auf den Tisch und legte die gelbe Tasche zur Seite. Alles was er im Moment benötigte, das hatte er. Ungeduldig zog er das Hemd aus, kramte nach seiner Badeshorts und griff eines der frischen Badelaken.

Er schaute sich suchend um. Der Sonnenschirm fehlte. Jannis lachte bei dem Gedanken an den Kampf mit ihm im letzten Sommer. Beide hatten sie Spuren davongetragen: Jannis einen kleinen Schnitt an der Hand und der Schirm eine gebrochene Speiche. Deshalb hatte Nikos ihn wohl entsorgt. Jannis würde morgen in Platanias einen neuen kaufen, denn ein wenig Schatten am Strand war wichtig.

Barfuß lief Jannis die steinerne Wendeltreppe hinunter. Ein Weg aus alten Paletten erleichterte den Gang von der *Villa Alpha* zum Strand. Er spürte den feinen Sand zwischen seinen Zehen. Je weiter er zum Meer kam, desto mehr Steine kamen zum Vorschein, und der Sandstrand verwandelte sich in einen Kieselstrand. Vereinzelt tauchten wunderschöne weiße Strandlilien im Sand auf. Kleine schwarze Samen lagen daneben.

Jannis warf sein Handtuch auf den Boden und tänzelte ungelenk über die Steine ins Meer. Die vielen Kiesel unter den bloßen Füßen wirkten wie eine Massage. Als er bis zu den

Knien im Meer war, nahm er die nächste Welle und stürzte sich kopfüber hinein. Geschmeidig schwamm er unter ihr hindurch. Als er wieder auftauchte, atmete er tief ein.

Das kühle Wasser erfrischte seinen aufgeheizten Körper. Jannis genoss die Abkühlung und fuhr sich mit den Fingern durchs Haar. Mit leichten Armschlägen schwamm er ein Stück parallel zum Strand und ließ sich treiben. Das Meer glich heute einer Badewanne. Jannis wusste aus Erfahrung, dass sich das innerhalb nur weniger Stunden ändern konnte. Meterhohe Wellen hatte er bereits erlebt. Doch auch die kleinen Wellen hatten es in sich. Das Schwimmen an diesem Strandabschnitt war mit Vorsicht zu genießen. Das Meer hatte hier eine heimtückische Strömung, der jedes Jahr viele auch geübte Schwimmer zum Opfer fielen.

Nachdem er sich genügend verausgabt hatte, legte Jannis sich zufrieden und glücklich auf das Handtuch und ließ sich von der Abendsonne trocknen.

4

Als Jannis einen leichten Hunger verspürte, ging er in sein Appartement zurück und machte sich fertig. Er beschloss, seinem guten Kumpel Dimitri einen Besuch abzustatten. Der war einer seiner besten Freunde und praktischer Weise gehörte ihm die Taverne direkt gegenüber der *Villa Alpha*. Jannis ging herüber zur Taverne *Mylos*. Seit über dreißig Jahren kam er nun nach Kreta und hatte schon in vielen Tavernen köstlich gespeist. Doch nirgendwo schmeckte es ihm besser als im *Mylos*.

Er ging durch einen Blumenbogen. Rote Hibiskusblüten tanzten im Wind. Jannis schaute neugierig um die Ecke.

„Da bist du ja, alter Freund!“, rief Jannis begeistert. Doch damit meinte er nicht Freund Dimitri. Ihm vis-à-vis stand ein schmaler, grauer Esel, der den Kopf hob und über einen gammeligen Holzzaun schaute. Als er Jannis erkannte, streckte er freudig den Kopf in die Luft und iahte lauthals.

Jannis lachte und kraulte den Esel liebevoll zwischen den Ohren. „Ich freue mich auch, dich zu sehen, altes Mädchen."

„Jássou Janni! Ich wusste, dass du es bist. Bei keinem anderen Gast freut Elsa sich so sehr wie bei dir." Freudig überrascht kam Dimitri auf ihn zu.

Beide umarmten sich überschwänglich.

„Es ist erstaunlich, dass sie mich immer noch erkennt", wunderte sich Jannis.

Dimitri schüttelte den Kopf. „Dich wird sie nie vergessen, schließlich hast du ihr damals das Leben gerettet. Esel mögen ja stur sein, aber dafür haben sie ein unglaublich gutes Gedächtnis."

Jannis erinnerte sich noch genau an den Tag. Eigentlich hatte Agda den Esel gerettet. Gemeinsam hatten sie einen herrlichen Ausflug in die Berge gemacht. Durch das fruchtbare Hochplateau mit dem Dörfchen Omalos bis zum Eingang der Samaria-Schlucht waren sie gefahren.
Jannis wollte schon sein Leben lang einmal die atemberaubende Schlucht durchlaufen. Mit ihren sechzehn Kilometern ist sie die längste Schlucht Europas. Der Weg führt von Omalos nach Agia Roumeli zum Libyschen Meer. Von dort kam man mit dem Schiff nach Chora Sfakion. Die Wanderung war anspruchsvoll, aber jede Anstrengung wert, da war Jannis sich sicher. In der Schlucht fand man unzählige Tiere und Pflanzen. Jahrhunderte alte Zypressen und Platanen säumten das Flussbett. Einige Pflanzen wuchsen ausschließlich in der Schlucht, und mit etwas Glück konnte man Geier und Adler beobachten.

Jannis wollte die *Eiserne Pforte*, die mit etwa drei Metern Abstand die engste Stelle der Samaria-Schlucht ist, unbedingt einmal in der Realität sehen und nicht nur als Foto auf einer Postkarte. Aber entweder war es ihm in den Sommermonaten dort zu heiß oder die Schlucht war im Herbst bereits geschlossen.

Doch alleine der Eingang zur Schlucht war den Besuch wert.

Agda und er hatten eine Zeitlang dort verweilt und das spektakuläre Panorama genossen. Besonders der Gigilos mit 2080 Metern Höhe hatte es ihnen angetan. Diese schroffe Felsformation dominierte die Landschaft. Nach einer lokalen Legende war sein Gipfel der Thron des auf Kreta geborenen Zeus. Bei der Schönheit dieses Berges konnte man sich gut vorstellen, dass der Göttervater ihn sich als Thron ausgesucht hatte.

Jannis und Agda hatten einen wunderbaren Tag in Omalos verbracht. Sie hatten den Wanderern bei ihrem Abstieg in die Schlucht zugeschaut und einige Greifvögel beobachtet, die hoch oben am Himmel ihre Kreise zogen. Sie selbst waren eine Zeitlang spazieren gegangen und hatten sich dann im Schatten eines Orangenbaumes bei einem Picknick gestärkt. Als sie sich auf den Rückweg gemacht hatten, hatte Agda das einsame Eselbaby am Straßenrand entdeckt. Jannis musste sofort anhalten. Agda hatte sich zunächst nach der Mutter des jungen Tieres umgeschaut, doch sie konnte sie nirgendwo finden. Deshalb hatten Jannis und sie das Eselchen zunächst in den Schatten getragen. Es war schon ganz schön schwer. Anscheinend hatte es bereits längere Zeit in der Sonne gelegen und war sehr geschwächt. Agda hatte versucht, ihm etwas Wasser einzuflößen. Dabei entdeckte sie die blutende Wunde an seinem Bein. Wenn sie den Esel hier liegen lassen würden, wäre es sein Todesurteil. Nichts konnte Agda davon abhalten ihn zu retten, und so hatten sie ihn auf die Rückbank ihres kleinen Autos gelegt. Agda hatte es sicher in ihrem Arm gehalten, während Jannis den Wagen vorsichtig die Serpentinen hinunterfuhr. Sie hatten das Eselbaby zu einem Tierarzt gebracht, und nachdem der seine Wunden versorgt hatte, hatte Agda Dimitri mit ihrer eselsgleichen Sturheit überzeugt, dem armen Tier ein Zuhause zu geben und es gesund zu pflegen. Noch am selben Abend wurde der Esel feierlich auf den Namen *Elsa* getauft.

„Magst du etwas essen?“ Jäh riss Dimitri Jannis aus seinen Träumen. Der lachte und umfasste seinen Bauch. „Natürlich! Was glaubst du denn, wozu ich hier bin?“

Jannis ging an einen kleinen Tisch und nahm auf einem ungemütlichen Holzstuhl Platz. Die Touristen verfluchten die harten Stühle, dabei gab es einen ganz einfachen Trick, um ein eingeschlafenes Hinterteil zu vermeiden. Man musste sich schräg drauf setzten und eine Ecke zwischen den Beinen platzieren. Dann konnte man sich zwar nur seitlich anlehnen, jedoch ohne Probleme einen langen Abend verbringen. Jannis sprach aus Erfahrung.

Schon kam Dimitri mit einem Teller frischem Tsatsiki und selbst-gebackenem Brot.

„Was möchtest du essen, Jannis?“

Jannis bestellte einen Griechischen Salat und dazu Shrimps. Dimitri gab die Bestellung an die Küche weiter und kam mit zwei Gläsern Ouzo auf Eis in der Hand zurück. Wie immer trug er eine schwarze Stoffhose mit einem weißen kurzärmeligen Hemd. Seine schwarzen Locken waren leicht ergraut und standen nach allen Seiten. Ein gepflegter Dreitagebart machte sein Gesicht sehr markant.

„Jámas, Janni! Schön, dass du wieder da bist. Was gibt es Neues in der Hauptstadt?“, fragte Dimitri neugierig und nahm einen großen Schluck gekühlten Ouzo.

Jannis winkte ab. „Du weißt doch wie es läuft, seit 2019 Mitsotakis gewählt wurde und 2020 die Pandemie losging. Harter Lockdown und eine schwere Zeit für uns alle.“

Der alte Andreas schnaubte vom Nachbartisch. „Corona hatte uns gerade noch gefehlt.“

„Aber Gott sei Dank hat der Tourismus sich dieses Jahr wieder ein bisschen erholt“, warf Dimitri ein.

„Schon, Corona ist jedoch noch nicht vorbei!“ Jannis schaute sehr nachdenklich.

„Lass uns lieber von etwas Schönem reden. Wie geht es der süßen Mirabella?“, wechselte Dimitri geschickt das Thema. Gespräche über griechische Politik uferten meist in stundenlangen lautstarken Diskussionen aus, die nicht selten handgreiflich wurden.

„Mirabella ist eine kleine Prinzessin", lachte Jannis während er sorgfältig seine Shrimps schälte. „Seitdem sie laufen kann, hält sie uns ganz schön auf Trab. Sie ist unheimlich neugierig. Jeder Stein, jeder Grashalm ist von größtem Interesse und wird stundenlang untersucht."

Dimitri lachte. „Das hat sie wohl von dir geerbt."

Auch Jannis schmunzelte und genoss seine Krabben. „Was gibt es denn hier Neues?", fragte er.

Dimitri zögerte nicht lang: „Du hast es bestimmt schon gehört. Michalis ist tot. Der Immobilien-Michalis. Mord! Man hat ihn umgebracht – auf seiner eigenen Yacht. Hier auf Kreta!" Dimitris Stimme überschlug sich, so aufgeregt war er.

Jannis hatte davon in Athen in den Zeitungen gelesen. Es war erst ein paar Tage her, dass Michalis Papadakis, ein griechischer Immobilienmogul, getötet worden war. Michalis hatte seit einiger Zeit seinen Sitz auf Kreta. Er war sehr reich. Er besaß ein großes Haus in den Bergen vor Chania, mit riesigem Pool. Viele Bedienstete kümmerten sich um das Anwesen. Vom Gärtner über ein Hausmädchen bis zum Poolboy hatte Michalis für alles Angestellte.

Dimitri berichtete weiter: „Kennst du die *Magdalena*? Seine Yacht? Du hast sie bestimmt schon einmal in Chania bewundert. Man kann sie gar nicht übersehen. Oben auf dem Deck wurde er ermordet."

Jannis Neugier war geweckt. „Weiß man denn schon, wer der Täter war?"

Dimitri schüttelte verneinend den Kopf.

„Gibt es denn ein Motiv?"

Dimitri zuckte mit den Schultern. „Panaiotis tappt noch völlig im Dunkeln. Er ist ein paar Hinweisen gefolgt, doch die brachten ihn nicht weiter."

Erstaunt hob Jannis eine Augenbraue hoch. „Panaiotis ist an dem Fall dran?"

Dimitri nickte.

Panaiotis war ein gemeinsamer Freund seit ewigen Zeiten. Vor über dreißig Jahren arbeiteten Jannis und er zusammen in Athen bei der Polizei. Dann zog Panaiotis der Liebe wegen nach Kreta. Jannis besuchte seinen Freund regelmäßig auf Kreta, und dadurch begann seine tiefe Verbundenheit mit der Insel und mit den hier lebenden Kretern.

Ihr vertrautes Gespräch wurde unterbrochen. „Jássou Janni!" Seine Ankunft auf Kreta hatte sich schnell herumgesprochen.

Jannis lachte. „Was macht ihr denn alle hier?" Er winkte dem Kellner, der daraufhin einige Flaschen Hauswein auf den Tisch stellte. Von allen Seiten wurden Tische und Stühle zusammengerückt und es gab ein riesiges Hallo. Immer mehr Bekannte und Freunde von Jannis kamen und hießen ihn willkommen. Da war Helios, der Besitzer der *Keramikstube* mit seiner Frau. Auch der alte Aris mit seiner Gehhilfe humpelte auf Jannis zu. Fröhlich schwang er den Stock in der Luft und begrüßte ihn überschwänglich.

Jannis freute sich sehr, sie alle wieder zu sehen. Interessiert lauschte er dem neusten Tratsch und trank entspannt seinen Ouzo. Die Sonne war bereits untergegangen und man hörte das harmonische Zirpen der Grillen.

Dimitri servierte frische gekühlte Melone zum Nachtisch.

Es wurde ein langer Abend, an dem viel getrunken und gelacht wurde. Erst spät in der Nacht schlenderte Jannis müde, aber glücklich zurück zur *Villa Alpha*.

5

Am nächsten Morgen wurde Jannis durch lautes Klopfen an der Appartementtür geweckt. „Oh!", stöhnte Jannis. Langsam öffnete er die Augen und setzte sich auf. Warme Sonnenstrahlen drangen ins Zimmer. Kleine Staubflocken, die im Sonnenlicht schimmerten, tanzten vor seinen Augen.

Das Klopfen wurde lauter. Jannis fuhr sich mit der Hand durch seine zerzausten Haare. Nur mit Boxershorts bekleidet öffnete er die Tür.

Vor ihm stand – mit breitem Grinsen im Gesicht – sein Freund Panaiotis. „Kalimera Janni!" begrüßte er ihn fröhlich.

Jannis zuckte zusammen und griff sich an den Kopf, bevor er seinen alten Kollegen willkommen hieß. Starker Kopfschmerz machte sich breit.

„Ich dachte mir schon, dass du den jetzt gut gebrauchen könntest", lachte Panaiotis und überreichte Jannis einen großen Pappbecher mit Kaffee.

Dankbar nahm Jannis ihn an. „Schwarz?"

„Natürlich!"

Jannis trank einen Schluck Kaffee und bat Panaiotis auf den Balkon. Er freute sich sehr ihn zu sehen.

Jannis schielte auf seine Uhr. Fast elf Uhr? Der Abend gestern war wirklich lang geworden. Aber schön. Bei der Erinnerung an all seine Freunde musste er lächeln.

„Ich habe es gestern leider nicht mehr zu Dimitri geschafft", sagte Panaiotis. „Wie geht es dir, Janni?"

„Mir geht es gut, danke. Aber das ist doch nicht der Grund, weshalb du mich hier aus dem Bett holst." Jannis kannte seinen Freund gut und kam direkt auf den Punkt.

Die Sonne spiegelte sich auf Panaiotis lichtem Haaransatz. Er strich sich über seinen grauen Schnurbart.

„Ich wusste, dass du mich sofort durchschaust", antwortete Panaiotis und zuckte ertappt mit den Schultern. Jannis hakte nach. „Also, was ist los?" Er mochte es nicht, lange um den heißen Brei herum zu reden. Jannis war immer schon sehr direkt und ehrlich.

Panaiotis schaute ihm in die Augen. „Es geht um Michalis Papadakis, er ist tot."

„Ich weiß", antwortete Jannis. „Dimitri meinte, ihr tappt noch im Dunkeln?"

„Das kann man wohl sagen." Panaiotis schnaufte. „Man könnte meinen, bei so einem bekannten Menschen mit so viel

Geld und Macht gäbe es jede Menge Verdächtige und Motive. Doch einen konkreten Verdacht haben wir noch nicht."

Panaiotis schaute Jannis an und fuhr fort. „Dafür aber einen Polizeipräsidenten, der Druck macht. Michalis hatte Freunde in den höchsten Kreisen. Täglich muss ich über unsere Arbeit Bericht erstatten."

„Macht ihr denn Fortschritte?"

Panaiotis schüttelte niedergeschlagen den Kopf.

Jannis nahm einen großen Schluck aus dem Pappbecher. Der Kaffee sorgte langsam dafür, dass sich der Kopfschmerz legte und sein Kopf klarer wurde.

Er betrachtete Panaiotis, dessen Haut leicht blass wirkte. Der Stress schien ihm sehr zuzusetzen.

„Ich rede gar nicht lange drum herum", meinte Panaiotis verlegen. „Ich brauche deine Hilfe, *Epítropos*." Nervös strich er sich über den Schnurbart.

„Ich bin kein Kommissar mehr", erwiderte Jannis.

Panaiotis schaute Jannis durchdringend an und wartete.

„Ab jetzt habe ich nur noch Urlaub", versuchte es Jannis erneut.

Panaiotis wusste, dass das kein ernsthafter Einwand von Jannis war. „Ich komme allein nicht weiter. In ein paar Wochen werde ich ebenfalls pensioniert. Ich kann mich doch nicht nach fast vierzig Dienstjahren bei der Polizei mit einem ungelösten Mordfall verabschieden." Panaiotis flehte ihn förmlich an.

Jannis kämpfte mit sich. Er war glücklich mit seiner Pensionierung und freute sich auf eine entspannte Zeit auf Kreta. Andererseits würde es auch nicht schaden, mal einen Blick auf den Fall zu werfen. Ein Mord an einem Immobilienmogul war schließlich nicht alltäglich.

Jannis gab nach. Seine Neugier war zu groß und ebenfalls seine Hilfsbereitschaft. Er konnte sich ja zumindest mal anhören, worum es ging.

„Lass uns in zwei Stunden im Hafen von Chania treffen. An der *Magdalena*. Meine Assistentin kommt auch mit. Dann erzählen wir dir alles."

„Oh, du hast eine Assistentin?", fragte Jannis verschmitzt.

Panaiotis nickte peinlich berührt.

Jannis lachte und willigte ein. „Ich werde da sein."

Panaiotis war sichtbar erleichtert. Er erhob sich und atmete tief aus. Beim Verabschieden hielt er Jannis Hand fest und schaute ihm direkt in die Augen. „Janni, efcharistó!", sagte er dankbar.

„Gerne, mein Freund", erwiderte Jannis und klopfte Panaiotis auf die breiten Schultern. Und so meinte er es auch. Gerne würde er dem Freund helfen. Vor fünf Jahren – nach dem Tod von Agda – war es Panaiotis, der ihm geholfen hatte. Er war für Jannis da gewesen. Zu jeder Tages- und Nachtzeit. Er war da, wenn Jannis reden wollte und er war da, wenn Worte nicht halfen. Viele Stunden haben sie zusammen schweigend auf das Meer gestarrt. Sie haben von Panaiotis altem Boot aus geangelt und sind nach Seeigeln getaucht. Er hatte ihn nie allein gelassen. Panaiotis hatte ihm geholfen, neuen Lebensmut zu schöpfen. Nun freute Jannis sich, dass er sich ein wenig revanchieren konnte.

6

Jannis nahm eine ausgiebige Dusche, zog sich an, und langsam fühlte er sich besser. Da der Drang nach einem weiteren Kaffee wuchs, beschloss er, nebenan im Hotel *Creta Beach* einen zu trinken.

Über die staubige Straße lief er ein paar Meter zu dem benachbarten Gebäude. Das kleine Hotel machte wie immer einen sehr gepflegten Eindruck. Es hatte im Winter einen schönen neuen Anstrich bekommen, und die Grünanlagen waren perfekt gepflegt. Der Rasen war dicht gewachsen und saftig grün. Auf der Seite der Hotelzimmer befanden sich kleine Beete mit bunten Blumen. Gegenüber säumten herrliche Palmen den Weg.

Im großen Pool sah er ein paar Kinder spielen. Sie jauchzten und planschten fröhlich. Einige Gäste hatten es sich unter den Sonnenschirmen auf ihren Liegen gemütlich gemacht.

Jannis kam nicht darum herum, die neuste Errungenschaft auf der rechten Seite des Hotels zu bewundern. Ein riesiger Spielplatz nahm fast den ganzen Platz hinter den parkenden Autos ein. Jannis wunderte sich und schüttelte den Kopf. „Immer etwas Neues.", murmelte er lachend.

Er bog in das kleine Hotelrestaurant ab und ging auf die Bar zu. Sie war leer. Die Gäste vom Frühstück waren gegangen und für das Mittagessen war es noch zu früh.

Hinter der holzvertäfelten Bar entdeckte er Kostas. Er hatte vor ein paar Jahren zusammen mit seinem Bruder die Hotelleitung von den Eltern übernommen. Die beiden Mittdreißiger hatten aus dem schönen Familienbetrieb ein wahres Schmuckstück geschaffen, indem sie die ersten Jahre viel Zeit und Geld in die Renovierungsarbeiten und in Neuanschaffungen gesteckt hatten.

Kostas goss sich gerade einen frischen Kaffee ein. „Mir auch bitte!", rief Jannis von weitem.

Überrascht schaute Kostas hoch. „Was machst du denn hier?", fragte er, als er Jannis erkannte. „Schön dich zu sehen, Janni. *Frappé metrio*?"

Jannis nickte zustimmend, setzte sich auf einen Barhocker und schaute zu wie Kostas das Kaffeepulver aufschäumte.

„Gut schaust du aus.", stellte er fest. „Du hast ordentlich trainiert, oder?"

Kostas lachte fröhlich und gab ein paar Eiswürfel in das Glas. „Ja, ja, wie jedes Jahr. Aber du hast dich auch gut gehalten."

„Ich weiß, für fast sechzig nicht schlecht!", lachte Jannis und klopfte auf seinen kleinen Bauch. „Warte mal ab, bis du so alt bist wie ich."

„Dafür hast du deutlich mehr Haare als ich", sagte Kostas in gespielter Verzweiflung und zeigte auf seine beginnenden Geheimratsecken. Beide lachten herzhaft.

„Wie geht es deinen Eltern?", wollte Jannis von Kostas wissen und nahm einen großen Schluck vom kühlen Frappé. Jannis kannte die Familie seit ewigen Zeiten. Da Nike etwa im gleichen Alter wie Kostas war, hatten die beiden als Kinder zusammen gespielt. Jannis erinnerte sich gerne an gemeinsame Beachvolleyballturniere und daran, dass Nike von romantischen Lagerfeuern am Strand erzählt hatte. Als sie etwas älter waren, hatten Nike und Kostas mit Freunden die Clubs in Chania unsicher gemacht. Meist kamen sie erst bei Sonnenaufgang nach Hause und hatten danach den halben Tag verschlafen.

„Meinen Eltern geht es gut", sagte Kostas und riss Jannis aus seinen Gedanken. „Sie lassen sich nur noch selten hier blicken und genießen ihre Zeit."

„Das machen sie richtig", erwiderte Jannis und nahm einen Schluck Frappé. „Sie wissen ihr Hotel halt in guten Händen."

Die beiden Brüder hatten das kleine Hotel bereit gemacht für die nächste Generation. Sie gingen mit der Zeit und brachten das *Creta Beach* in alle Social-Media-Kanäle. Nike hatte es ihm gezeigt. Regelmäßig wurde man über Neuerungen informiert oder einfach mit einem Foto eines besonders schönen Sonnenuntergangs beglückt.

Jannis sah sich um. „Ihr habt wieder renoviert", stellte er bewundernd fest und zeigte auf die Bar.

Kostas nickte. „Das wurde ja auch Zeit. Wir haben über die Winterzeit außerdem drei Appartements erneuert. Ich kann dir bei Gelegenheit eines zeigen."

In der Gestaltung der Suiten zeigten die Brüder viel Geschmack. Besonders das hinterste Appartement, mit freiem Blick direkt auf das Meer, war traumhaft. Schon oft hatte Jannis eine Einladung erhalten, seinen Urlaub dort zu verbringen, doch er mochte den verstaubten Charme der *Villa Alpha* – und die Erinnerungen, die sich mit dem in die Jahre gekommenen Appartement verbanden.

Dann lachte Jannis und zeigte auf den Spielplatz. „Aber sag mir bitte mal, wo du dieses grässliche Ungetüm aufgetrieben hast."

Kostas antwortete empört: „Dafür bin ich persönlich extra nach China geflogen."

Jannis schmunzelte und Kostas fuhr fort: „Jetzt mal im Ernst. Es ist vielleicht nicht der schönste Spielplatz, aber er hat alles was ein Kinderherz begehrt – und somit das, was die Gäste sich wünschen. Die Kinder sind beschäftigt und glücklich, während die Erwachsenen hier in Ruhe essen und feiern können."

Jetzt war Jannis ehrlich erstaunt. Das stimmte natürlich. „Ich bin mir sicher, dass auch Mirabella demnächst nicht davon wegzubringen sein wird."

Kostas strahlte. „Nike und Mirabella kommen auch?", fragte er erfreut.

„Ja, in ein paar Wochen wollen sie mich hier besuchen", bestätigte Jannis und trank den letzten Rest Frappé. „Sie wollen die letzte Möglichkeit nutzen, bevor Mirabella in den Kindergarten kommt. Drei Wochen bleiben sie hier", sagte Jannis glücklich, der es kaum erwarten konnte, so viel Zeit mit ihnen verbringen zu können. „Allerdings kommt Nikes Mann Aris leider nur eine Woche mit, da er sich nicht länger frei nehmen konnte. Seine Werbeagentur läuft sehr gut, was allerdings bedeutet, dass er auch viel Arbeit hat."

Kostas nickte verständnisvoll.

Gäste kamen in die Bar, und Kostas nahm ihre Bestellungen auf. Da sich die Tische immer mehr füllten, verabschiedete sich Jannis und ging zurück zur *Villa Alpha*. Jetzt fühlte er sich gerüstet für die Fahrt nach Chania. Er war neugierig, was Panaiotis für ihn bereithielt und freute sich auf den Ausflug in die wunderschöne Stadt.

7

Später schlenderte Jannis die Straße am Hafen von Chania entlang. Er betrachtete die dort vor Anker liegenden Boote.

Schnell fand er die *Magdalena*, die Yacht von Michalis, die tatsächlich mit Abstand die größte war. Als er sich ihr näherte, sah er Panaiotis bereits auf dem Schiff auf ihn warten. Er winkte ihm zu. Über einen luxuriösen Holzsteg betrat Jannis die Yacht. Er bemerkte das aufgebrochene Siegel der Polizei und ging zu Panaiotis am Bug. Dort befanden sich eine Sonnenterrasse und Sitzgelegenheiten aus edelstem Holz. Riesige Kissen luden zum Ausruhen ein.

Jannis schaute sich um. Er liebte Boote, und so oft sich ihm die Möglichkeit bot, fuhr er mit einem kleinen Motorboot aufs Meer hinaus. Immer wieder suchte er einsame Buchten, um dort einen schönen Tag zu verbringen. Doch auf so einer großen Yacht war er noch nie. Ehrfürchtig strich er über die glatte weißlackierte Reling. Mit glänzenden Messingringen war ein dickes Tau auf dem Schiffsgeländer befestigt. Ein großer Rettungsring hing griffbereit an der Wand.

Panaiotis kam direkt zur Sache. Er nahm eine Akte zur Hand und begann mit einigen Fakten. „Am Freitag 25. Mai fand man Michalis Papadakis tot hier auf seiner Yacht. Eine Schwedin namens Selma Anderson hatte ihn am Morgen gefunden. Er lag neben dem Stuhl in einer Blutlache." Er hielt das Foto in die Richtung, so dass Jannis es mit dem Tatort vergleichen konnte. Den Stuhl hatte die Spurensicherung mitgenommen, aber Jannis konnte noch deutlich die Rückstände des großen Blutfleckes auf dem edlen Holzboden erkennen.

Immer wieder sah er auf das Foto und dann auf die Stelle am Boden. Er erkannte Glassplitter neben der Leiche. Vor seinem inneren Auge versuchte er den Tatort zu rekonstruieren.

Gespannt hörte er Panaiotis weiter zu. „Ein natürlicher Tod konnte schnell ausgeschlossen werden, da man ihn von hinten erschlagen hat."

„Er war auf der Stelle tot", warf eine Frau am Ufer ein. „Das sagt zumindest der Gerichtsmediziner." Geschickt schwang sie sich an Bord und lächelte ihnen zu. „Entschuldigt meine Verspätung, es waren einfach zu viele Katzen unterwegs." Sie streckte dem verdutzten Jannis die Hand hin. „Jássou, ich bin Elena. Du musst Jannis sein." Dann fügte sie grinsend hinzu: „Und ich kann an keiner Katze vorbei gehen, ohne sie zu streicheln."

Jannis nickte ihr zu. So hatte er sich Panaiotis Assistentin nicht vorgestellt. Elena war eine attraktive Frau mit einer durchtrainierten Figur. Jannis schätzte sie auf Mitte vierzig. Sie strich eine blonde Haarsträhne hinters Ohr und lächelte entwaffnend.

„Gut, dass du da bist, Elena", begrüßte Panaiotis seine Assistentin. „Berichte du doch bitte Jannis über die Tatwaffe."

„Man hat die Tatwaffe gefunden?", fragte Jannis erstaunt und konzentrierte sich sofort wieder auf den Fall. Die *Magdalena* schaukelte leicht in den kleinen Wellen.

Elena bestätigte. „Ja, einen großen, schweren Stein. Er passte gerade noch in eine Hand. Man hat Blutspuren und Haare von Michalis an ihm gefunden. So konnte er zweifelsfrei als Mordwaffe identifiziert werden."

„Gibt es auch Spuren vom Täter?", fragte Jannis an Panaiotis gewandt.

Elena verneinte direkt.

„Keine Fingerabdrücke?"

„Nein, nur die, die wir seinen Freunden zuordnen konnten."

„Also schließen wir einen Unfall aus", murmelte Jannis nach kurzer Überlegung.

„Allerdings. Erst recht, wenn du das hier siehst." Panaiotis zeigte auf ein Foto von einem kleinen Steinturm, wie ihn manche Touristen am Strand oder in den Bergen bauten. Der Größe nach werden dazu vorsichtig die Steine aufeinandergestapelt. Der größte zuerst und der kleinste oben drauf.

Panaiotis flüsterte fast, als er erklärte. „Fünf Steine, perfekt aufgeschichtet."

Fragend schaute Jannis den Freund an.

Panaiotis deutete erneut auf das Bild. „Der Turm wurde neben Michalis Leiche gefunden – genau so!" Mit noch leiserer Stimme fuhr er fort: „Und der unterste Stein war die Tatwaffe."

„Dieses Detail behalten wir momentan noch für uns. Wir haben es bewusst nicht an die Presse weitergegeben", sagte Elena schnell.

Interessiert betrachtete Jannis das Foto. Ein Täter, der seine Unterschrift hinterlässt. Das war besonders. So einen Fall hatte er lange nicht mehr und sein Spürsinn machte sich breit. Warum machte der Täter das? Sicher wollte er damit etwas sagen und hatte wohl genug Zeit dafür gehabt. Das warf eine neue Frage auf:

„Wie sieht es mit Zeugen aus? Hat jemand etwas gehört oder gesehen?", wollte Jannis wissen und schaute sich fragend um.

„Nein", antwortete ihm Elena. „Leider Fehlanzeige."

„Gibt es keine Überwachungskameras hier?"

Elena notierte sich etwas in ihrem kleinen Notizbuch. „Gute Idee. Ich werde mich sofort darum kümmern."

Jannis schnaufte verständnislos. An Kameras hätte sie schon längst denken müssen.

„Und das Mädchen, das ihn gefunden hat? Wer ist sie? Hat sie etwas damit zu tun?" Plötzlich überschlugen sich Jannis Gedanken. Sein Gehirn hatte vom Urlaubs- in den Polizeimodus umgeschaltet.

Panaiotis stöhnte. „Nimm die Akte mit und lies sie in Ruhe durch. Wenn du Fragen hast, kannst du mich oder Elena jederzeit anrufen."

Zögernd nahm Jannis die Akte entgegen.

„Du hilfst uns doch, oder?", fragte Elena mit einem Lächeln.

Wie hätte Jannis seinem Freund einen Wunsch abschlagen können. Und was war schon dabei, einen Blick in die Akte zu werfen. Zumal der Fall sehr interessant zu sein schien. Vielleicht konnte er ja etwas entdecken.

8

Auf dem Rückweg von Chania stoppte Jannis in der Touristenstadt Platanias. Der Vorteil des kleinen Pandas war, dass er einen der wenigen Parkplätze am Straßenrand bekommen hatte.

Er schlenderte durch die Hauptstraße und suchte ein Geschäft, in dem er einen neuen Sonnenschirm kaufen konnte. Er brauchte sich nicht lange umsehen, da fast jeder Laden hier auf Touristen eingestellt ist. Im nächsten Shop wählte Jannis einen großen beigefarbenen Schirm aus. „Bist du lieb zu mir, bin ich lieb zu dir", flüsterte er ihm grinsend zu, als er zur Kasse ging. Er entdeckte bunte Ersatz-Gummibälle für das Beachball-Spiel und nahm sie ebenfalls mit. Dabei fiel ihm auf, dass er gar kein Spielzeug für Mirabella hier hatte. Also holte er gleich noch einen pinkfarbenen Sandeimer mit einer passenden Schippe und Förmchen und einen großen Fußball. Er freute sich schon darauf, mit Mirabella am Strand zu spielen. Nachdem er gezahlt hatte, kaufte er im nächsten Geschäft seinen Lieblingshonig: *Méli* mit Nüssen.

Jannis entdeckte einen Ständer mit Postkarten und entschloss sich, seiner Enkelin eine Karte zu schreiben. Natürlich schickte auch er im Zeitalter von Smartphones Nike und Mirabella regelmäßig SMS, Fotos und Grüße über das Handy. Doch eine Ansichtskarte per Post zu bekommen, würde Mirabella bestimmt freuen.

Langsam drehte er das Kartenkarussell und suchte nach einer Karte, die Mirabella gefallen könnte. Er fand eine mit einem Esel, der einen Hut aufhatte und eine Karte mit einer Meeresschildkröte unter Wasser. Nach kurzer Überlegung entschied sich Jannis für die Schildkröte.

Er bummelte entspannt auf dem Bürgersteig die belebte Straße entlang. In Platanias gab es alles was man zum Leben brauchte. Neben Shops, in denen man Souvenirs für daheim finden konnte, gab es kleine Supermärkte, eine Post und viele

Tavernen. Platanias war auch für sein lebendiges Nachtleben bekannt.

Hin und wieder zog es Jannis auf einen Eisbecher in die Stadt. Er setzte sich dann in ein Café und beobachtete die Leute. Da sich sehr viele Touristen in Platanias aufhielten, versuchte er herauszufinden, aus welchem Land sie kamen. Er hatte ein gutes Auge für Menschen. Das hatte ihm in seinem Job schon oft geholfen.

Aber heute waren ihm die vielen Menschen unangenehm. Gerade erst aus Athen gekommen, suchte er etwas Ruhe.

Jannis überlegte, ob er zu dem malerischen Hafen von Platanias gehen sollte. Doch dann entschied er sich, seinen kleinen Wagen zu testen und in das alte Platanias auf dem Hügel zu fahren. Ob der Panda das mitmachte?

Jannis verstaute seine Einkäufe auf dem Nebensitz und fuhr in eine schmale Seitenstraße, die in die Altstadt führte. Der rote Panda gab wirklich sein Bestes. Behutsam lenkte Jannis ihn den engen, steilen Weg hinauf. Es ging zwar langsam, doch gemeinsam schafften sie die fast 600 Meter Höhenunterschied durch die enge Straße. Jannis fuhr an dem alten, immergrünen Johannisbrotbaum vorbei, der mitten auf der Straße wuchs. Früher wurden an diesem auffälligen Wahrzeichen Veranstaltungen und Beerdigungen angeschlagen. Er lenkte den Panda daran vorbei und weiter in die Altstadt.

Oben erkannte er *Agios Dimitrios*, die Kirche des heiligen Demetrius, eine kleine einschiffige Kapelle in strahlendem Weiß mit einem blauen Dach. Typisch für Kreta. In den meisten Dörfern fanden sich weiße Gebäude mit blauen Fensterläden oder Dächern. Pinkfarbene Geranien oder Bougainvillen rankten die Wände empor. Jannis mochte die Farbe in Verbindung mit dem kühlen Weiß.

Er entdeckte einen Wegweiser zum Museum *Zweiter Weltkrieg*. „Das war, als ich letztes Mal hier war, noch nicht fertig", erinnerte sich Jannis. Diese Stelle Platanias hatte eine unglaubliche Geschichte zu bieten.

Im Zweiten Weltkrieg wurde ein verwundeter deutscher Pilot von den Kretern nach Platanias gebracht. Leider verstarb er dort. Die Bewohner hatten Angst vor Repressalien der Deutschen und beerdigten ihn deshalb nicht auf dem örtlichen Friedhof, sondern heimlich neben der Kirche des Heiligen Demetrius.

Doch dann wollte ein deutscher Offizier genau dort einen Schutzraum bauen. Man hielt die Stelle für gut geeignet, da sie direkt neben der Kirche lag und da man hoffte, in dem weichen Kalkstein schnell voran zu kommen.

Ein Geistlicher rief in seiner Angst die Heiligkeit des Olivenbaums an und konnte so den Offizier überreden, drei Meter weiter weg zu graben. Dadurch konnte das Geheimnis gewahrt und die Bewohner von Platanias vor Vergeltungsmaßnahmen bewahrt werden.

Der Baum steht noch heute am Eingang des jetzigen Museums.

Der Offizier ließ 1942 riesige Tunnel in den Berg graben. Diesen Schutzraum hat man umfunktioniert und in den letzten Jahren alte Dokumente und Fundstücke aus der Zeit zusammengestellt.

Jannis, den der Zweite Weltkrieg sehr interessierte, nahm sich vor, in den nächsten Tagen das Museum zu besuchen.

Er fand einen Parkplatz für sein tapferes Auto und schlenderte durch die alte Stadt. Kleine, traditionelle Häuser, ein paar zusammengefallene Ruinen und seit einiger Zeit auch einzelne Luxusvillen bildeten das alte Platanias. Der anstrengende Weg hinauf wurde mit einem atemberaubenden Blick auf das Meer belohnt. Von der Halbinsel Akrotiri mit dem Flughafen bis nach Kolimbari im Westen konnte man schauen. Jannis ging zu einem kleinen Café, von wo aus er diese wunderbare Sicht auf das Meer genießen konnte.

Er setzte sich an einen kargen Tisch, bestellte einen Kaffee und nahm die Postkarte zur Hand. Gerade als er Mirabellas Namen schrieb, wurde er lachend begrüßt. „So schnell sieht man sich wieder", rief Dimitri, der Besitzer der Taverne *Mylos*, erfreut.

„Was machst du denn hier?", fragte Jannis erstaunt.

„Ich möchte mich zwischendurch auch mal bedienen lassen", sagte Dimitri und grinste. Er setzte sich zu Jannis an den kleinen Tisch und zeigte auf die Karte. „Du schreibst Postkarten?"

„Nur an Mirabella. Ich weiß nicht, ob sie überhaupt schon einmal richtig Post bekommen hat." Jannis drehte die Karte um und schaute auf die Schildkröte. „Ich hoffe, sie freut sich darüber."

„Ganz bestimmt", bekräftigte Dimitri. „Eigentlich ist es schade, dass heute nur noch wenige Menschen zu Stift und Papier greifen."

Jannis nickte zustimmend.

Ein braungebrannter junger Kellner brachte ihnen den Kaffee.

„Panaiotis war heute Morgen bei mir", begann Jannis. „Er sieht nicht gut aus. Der Fall scheint ihm sehr zuzusetzen."

„Das kann ich mir gut vorstellen. Ich glaube, er ist auch gesundheitlich etwas angeschlagen", vermutete Dimitri besorgt.

„Er ist sehr blass. Ich war heute mit ihm auf der *Magdalena* in Chania."

Dimitri schaute überrascht auf. „*Magdalena*?"

„Die Yacht von Michalis Papadakis."

Dimitri zog erstaunt die Augenbrauen hoch. „Und?"

„Ein traumhaftes Schiff. Es ist sehr luxuriös. Ich möchte nicht wissen, was es gekostet hat." Jannis konnte seine Leidenschaft für Boote nicht verbergen und fuhr begeistert fort. „Die *Magdalena* hat ein wunderbares Holzdeck. Man traut sich gar nicht, mit den Schuhen darüber zu gehen. Und überall glänzt poliertes Messing."

Dimitri lachte und unterbrach Jannis in seiner Schwärmerei. „Ich meinte, was ihr da gemacht habt."

Jannis zuckte mit den Schultern. „Panaiotis hatte mich

gebeten, mir den Tatort einmal anzuschauen. Wirklich ein sehr interessanter Fall." Jannis rührte nachdenklich in seinem Kaffee.

Dann schaute er hoch und grinste. „Weißt du eigentlich, dass alle Schiffe einen weiblichen Namen haben?"

„Nein, das ist mir noch nicht aufgefallen." Dimitri überlegte. „Wieso ist das so?"

„Ganz genau weiß man es nicht, aber man sagt, dass schon die alten Ägypter meinten, weil sie Glück bringen. Die Amerikaner sagen, weil sie schön sind,", Jannis schmunzelte, „und die Engländer glauben, weil sie launisch sind."

Dimitri lachte. „Das trifft es wahrscheinlich am ehesten." Von launischen Frauen konnte Dimitri ein Lied singen. Viele weibliche Bekanntschaften hatte er in seinem Leben gehabt, doch nie war die Richtige dabei gewesen. Keine hatte es geschafft, sein Herz komplett zu erobern, und nicht eine hatte dieses gewisse Gefühl in ihm ausgelöst. Lange hatte er damit gehadert und auch damit, dass er deshalb keine Kinder hatte. Doch inzwischen hatte er sich damit abgefunden und war glücklich mit seinem Leben, so wie es war. „Eine Frau reicht mir", sagte Dimitri augenzwinkernd und spielte damit auf seine Mutter Maria an. „Aber jetzt erzähl mal, wie es dir geht." Dimitri wurde ernst. „Als wir von deiner Schussverletzung gehört haben, haben wir uns große Sorgen gemacht."

Jannis wiegelte mit einer Handbewegung ab. „Halb so schlimm. Es war ein glatter Durchschuss und musste noch nicht einmal operiert werden."

In seinem letzten Einsatz als Oberkommissar hatte Jannis in Athen eine Geiselnahme in einem Juweliergeschäft unblutig beendet. Zumindest für die Geiseln und den Geiselnehmer ging die Sache ohne Blutvergießen zu Ende. Nur hatte sich aus der Pistole des Täters versehentlich ein Schuss gelöst und Jannis am Oberarm getroffen. Die Kugel kam auf der anderen Seite wieder heraus und war glücklicher Weise nicht lebensbedrohend. Jedoch waren eine Sehne und ein Nerv beschädigt worden und die Motorik stark eingeschränkt.

Jannis musste für mehrere Wochen in eine Reha-Klinik zur Behandlung. Durch mühsames Training konnte die Bewegung wieder vollständig hergestellt werden, doch ein Nerv macht ihm immer noch zu schaffen. Die Finger der rechten Hand fühlten sich zeitweise taub an und kribbelten. Ein Dienst mit der Waffe war leider nicht mehr möglich. Das hatte Jannis, der seinen Beruf über alles liebte, sehr zugesetzt. Das Wort *Frühpensionierung* löste in ihm zuerst eine starke Abwehrreaktion aus. Aber die Aussicht, nur noch am Schreibtisch zu arbeiten gefiel ihm auch nicht besonders. Durch Nikes überzeugende Argumente, dass er dann mehr Zeit für Reisen und seine Enkelin hätte, nahm er das gute Angebot der Frühpensionierung an und freut sich nun über seine neu gewonnene Freiheit.

Jannis trommelte mit den Fingern auf die Tischplatte. „Der blöde *Nervus Radialis* – der erinnert mich immer noch daran. Manchmal sind die Finger richtig taub." Er verzog das Gesicht.

„Warum hast du denn nicht auf Verstärkung gewartet?" Dimitri schüttelte verständnislos den Kopf. „Du warst ja noch nicht einmal im Einsatz. Warst du überhaupt bewaffnet?"

Jannis schüttelte den Kopf. „Nein. Ich war ja nur zufällig in dem Juweliergeschäft, um ein Armbändchen für Mirabellas Geburtstag abzuholen. Natürlich hatte ich sofort heimlich die Kollegen verständigt. Doch ich konnte einen guten Moment ausnutzen, bevor es kritisch wurde und es wirklich zur Geiselnahme kam. Es waren noch vier andere Kunden mit in dem Geschäft, das hätte blutig enden können."

„Du kannst stolz auf dich sein. Nicht jeder hätte so viel Mut gehabt."

Jannis winkte ab. „Dadurch habe ich jetzt den Luxus, den ganzen Sommer bei euch auf Kreta genießen zu dürfen."

Dimitri trank seinen Kaffee aus und nickte. „Das ist sehr schön. Ich hoffe, wir spielen demnächst wieder einmal eine Runde Backgammon."

„Auf jeden Fall", stimmte Jannis zu. „Du bist mir noch

eine Revanche schuldig." Dimitri zwinkerte ihm zu. „Ich weiß. Aber du wirst mich nie schlagen."

„Warte ab, mein Freund", drohte Jannis ihm im Spaß und beide lachten.

Dimitri stand auf. „Jetzt muss ich aber los und die Taverne öffnen."

„Dann sehen wir uns gleich wieder", verabschiedete sich Jannis grinsend und griff nach der Ansichtskarte für Mirabella.

9

Nachdem Jannis am späten Nachmittag eine ausgiebige Abkühlung im Meer genossen hatte, legte er sich auf sein Handtuch und begann die Akte durchzublättern.

Das Gutachten der Gerichtsmedizin entsprach Elenas Angaben. Michalis war von hinten erschlagen worden und auf der Stelle tot.

Jannis nahm sich viel Zeit, die Fotos vom Tatort und von Michalis Leiche zu studieren.

Das Steinmännchen betrachtete er besonders lange. Es war schon seltsam. Es musste definitiv einen Sinn haben. Doch für wen? Für den Täter? Oder für Michalis?

Jannis nahm sein Handy zur Hand und begann zu googeln. „Schön, dass man heute überall seine Informationen einholen kann", dachte Jannis mit Ironie und gab *Steinmännchen* und *Bedeutung* ein. Er stöhnte auf. Viel zu viele Treffer. Er überflog die Beiträge und fand einen interessanten Bericht.

Diese Steintürmchen sind eine archaische Form des Wegzeichens. Mindestens drei Steine soll man aufeinanderlegen, da eine natürliche Anordnung eher unwahrscheinlich ist. Sie sollen die Orientierung erleichtern. In Skandinavien soll ein Wanderer auf jedes Steinmännchen einen Stein legen, um von Trollen unbehelligt zu bleiben. Durch die vielen Touristen wird es allerdings allmählich zur Plage.

Jannis überlegte. Führte ihn die Spur vielleicht zu der Schwedin? Er runzelte die Stirn und las weiter.

Den Ursprung hat es allerdings – wie so vieles – in der griechischen Antike.

Jannis ließ sich zurücksinken. Da wären wir dann wieder bei den Griechen. Also half die Herkunft der Steinmännchen keinen Deut weiter.

Gerade wollte er das Handy weglegen, um sich wieder der Akte zu widmen, da hatte er eine Idee. Er schloss die Mappe und rief Panaiotis an. Mailbox. Jannis runzelte die Stirn und griff zur Visitenkarte, die Elena an die Akte angesteckt hatte.

Elena Dermitzaki

Er tippte ihre Nummer ein, und Elena meldete sich.

Sie war gleich bereit, ihm ein paar Fragen zu ihrem Fall zu beantworten, und Jannis lud sie auf einen Kaffee in das kleine Café *Karékla Paralias* in Kolimbari ein.

10

Auf dem Heimweg zu seinem Appartement begegnete er Nikos, dem Besitzer der *Villa Alpha*. Er saß auf einem grünen Traktor und mähte den Rasen. Als er Jannis sah, hüpfte er vom Sitz und nahm seinen Strohhut ab.

„Jássou Janni", rief er lachend.

„Jássou Niko.", begrüßte auch Jannis seinen Vermieter.

Die beiden umarmten sich herzlich.

„Schön, dass du wieder da bist."

„Ich bin auch froh. Es ist alles wieder ganz wunderbar bei euch."

Nikos freute sich über das Lob. „Wenn du noch etwas brauchst, sag einfach Bescheid." Jannis nickte. „Wir haben für Nike und ihre Familie das Appartement unter dir reserviert. Ist das in Ordnung? Wir dachten, für Mirabella wäre der Garten schöner als ein Balkon."

Jannis grinste. Nikos hatte an alles gedacht. Man merkte, dass er und Sofia Großeltern waren. Sogar schon zweifach. „Vielen Dank, das ist eine sehr gute Idee. Das wird sie bestimmt freuen."
Jannis schaute sich um. „Wo ist denn Sofia?"

„Sie ist in Chania – zum Shoppen. Du kennst sie ja."
Die Männer lachten. „Du wirst sie aber mit Sicherheit bald sehen", sagte Nikos geheimnisvoll. „Sie wollte dir eine Überraschung geben." Er zwinkerte Jannis zu.

„Eine leckere?", fragte Jannis gespannt. Nikos nickte und legte schnell den Zeigefinger auf die Lippen. „Aber von mir weißt du das nicht."

Sofias Überraschungen hatten Tradition. Sie wusste, dass Jannis ihren Marmorkuchen sehr schätzte. Deshalb backte sie ihm meist einen, wenn er auf die Insel kam. Nach original kretischem Rezept natürlich – mit Olivenöl statt Butter. Beim Gedanken daran lief Jannis das Wasser im Mund zusammen.

„Was gibt es Neues auf der Insel?", fragte Jannis interessiert und hoffte, nicht gleich wieder von dem Mord an Michalis zu hören.

Doch Nikos zuckte nur mit den Schultern. „Eigentlich ist alles beim Alten. Alle sind gesund und munter, das ist doch die Hauptsache."
Dem konnte Jannis nur zustimmen.

„In Gerani hat neben dem *Keramikstübchen* von Helios eine neue Taverne aufgemacht. Meine Nichte arbeitet da. Sie haben sich auf kretische Gerichte spezialisiert."

„Das hört sich gut an. Da werde ich gerne einmal hingehen", versprach Jannis, der einem guten Essen nicht abgeneigt war.

Nikos kletterte wieder auf seinen Rasenmäher. „Ich muss gleich Sofia in der Stadt abholen. Du weißt, ich komm' in Teufelsküche, wenn ich mich verspäte."

Jannis hob lachend die Hände. „Dafür möchte ich nicht verantwortlich sein", und als er zu seinem Appartement ging, rief Nikos ihm hinterher:

„Ach ja, ich weiß nicht, ob du es schon gesehen hast: Dieses Jahr haben sich die Meeresschildkröten einen Platz ganz nah an der *Villa Alpha* ausgesucht, um ihre Eier abzulegen. Die Tierschützer haben bereits ein Gestell über das Nest errichtet und eine kleine Holzrampe zum Wasser gebaut."

Jannis schaute zum Meer. Das war ihm gar nicht aufgefallen.

„Aber du kennst das ja", sagte Nikos.

Jannis hatte solche Schildkrötennester schon des Öfteren gesehen, fast jedes Jahr an diesem Strandabschnitt, doch hatte er nur ein einziges Mal das Glück gehabt, die Kleinen schlüpfen zu sehen. Es war schon sehr lange her, Nike war noch nicht lange ein Schulkind, da hatten sie während ihres Urlaubs an einem späten Nachmittag Tierschützer an einem Nest gesehen. Sie waren sofort hinüber gegangen und konnten kaum glauben was sie sahen. Der Sand bewegte sich, und kleine Schildkrötennäschen lugten vorwitzig hervor. Jannis kannte bis dahin das Schlüpfen von Schildkröten nur aus dem Fernsehen, da rannten die Kleinen immer sofort zum Meer. Hier dauerte alles sehr, sehr lange. Die Babys machten immer wieder eine Pause und ruhten sich aus. Alles ging gemütlich und langsam.

Die Tierschützer waren so nett und hatten Nike viel über die Tiere erzählt. Die Mütter kamen von Mai bis August nachts an den Strand, buddelten ein circa fünfzig Zentimeter tiefes Loch und legten ihre Eier hinein. Das konnten pro Gelege zwischen zwanzig und zweihundert Stück sein. Dann bedeckten sie das Nest mit Sand und verschwanden wieder im Meer. Nach knapp fünfzig Tagen schlüpften dann die Kleinen. Die Tierschützer prüften jedes Gelege täglich und führten genauestens Buch darüber.

Die unechte Karettschildkröte ist streng vom griechischen Gesetz geschützt, da sie stark bedroht ist. Das kann man gut nachvollziehen, wenn man bedenkt, dass meist nur ein Baby von tausend überlebt. Da ihre Panzer noch nicht hart sind, stellen sie ein gefundenes Fressen für Fische und Seevögel dar. Viele sterben schon auf dem beschwerlichen Weg zum Meer.

Die Tierschützer versuchten, ihnen den Start ins Leben so leicht wie möglich zu machen. Sie bauten aus Holzlatten einen Pfad zum Meer, um ihnen Umwege zu ersparen. Zwischendurch fegten sie auch etwas Sand zur Seite, doch niemals wurden die Schildkröten angefasst. Sie mussten den Weg allein bewältigen, sonst würden sie keine Chance haben zu überleben.

Stundenlang hatten sie an diesem Abend an dem Nest gesessen und das faszinierende Naturschauspiel beobachtet. Für Agda ging damit ein großer Traum in Erfüllung und auch Nike war ganz gerührt bei dem Anblick. Am schönsten fand sie es, wie die kleinen Schildkröten am Ufer auf ihre Welle warteten, die sie dann ins Wasser zog. Jede einzelne hatte Nike mit guten Wünschen verabschiedet. Solche Glücksmomente konnte man nur auf Kreta erleben.

Ein paar Tage später trafen sie die Helfer erneut an dem Nest. Sie hatten es ausgeräumt, um genau sagen zu können, wieviel Babys geschlüpft waren und wieviel es leider nicht geschafft hatten. Auch diese Arbeit war wichtig im Tierschutz. Nike hatte ein aufgebrochenes Ei auf die Hand nehmen dürfen. Jannis wusste noch, wie ihre kleinen Händchen gezittert hatten.

„So!“, riss Nikos Jannis aus seinen Erinnerungen. „Jetzt muss ich aber wirklich weitermachen. Du weißt doch, Sofia wartet ungern. Als Rentner hat man einfach keine Zeit.“ Nikos grinste.

Jannis lachte. „Ja, ja, die Rentner.“

Nikos startete den Aufsitzrasenmäher. „Vergiss nicht, du gehörst jetzt auch dazu.“

Jannis zuckte zusammen. Er hatte sich noch nicht damit abgefunden, ein Rentner zu sein. Er fühlte sich nicht wie ein Rentner, wie ein alter Mann, den keiner mehr brauchte. „Naja, ich bin ja auch ein Frührentner“, tröstete er sich nachdenklich. Er winkte Nikos zu und eilte die Wendeltreppe hinauf zu seinem Appartement, um sich frischzumachen.

11

Die Fahrt nach Kolimbari dauerte an der Küste entlang mit dem roten Panda eine knappe Viertelstunde. Er passierte zunächst das geschichtsträchtige Örtchen Maleme. 1577 wurde es erstmals erwähnt. Traurige Berühmtheit gewann Maleme im Zweiten Weltkrieg durch den deutschen Angriff auf Kreta im Mai 1941, das sogenannte *Unternehmen Merkur*, bei dem Tausende deutsche Fallschirmjäger begannen, den dortigen Flughafen einzunehmen.

Auf der Bergseite führte eine Straße zu einem Soldatenfriedhof, den Jannis und Agda oft besucht hatten. Er war sehr gepflegt, und neben der Aussicht auf das Meer hatte sich Agda ausführlich für die Geschichte des Friedhofs interessiert. Fast 4500 deutsche Soldaten waren hier begraben, die meisten waren bei der Luftlandeschlacht gefallen. Auch wenn es Soldaten des feindlichen Aggressors waren, empfand Agda großes Mitgefühl für die meist jungen Männer, die ihr Leben in diesem Kampf verloren hatten. Jedes Mal legte sie eine Blume nieder und war froh, dass Tochter Nike in einer friedlicheren Zeit aufwuchs.

Auf der rechten Seite, direkt am Meer und gut geschützt durch dichte Bambushecken, passierte er eine kleine Militärbasis mit ausgemusterten Kampfjets. 1941 von den Briten erbaut, befand sich heute ein Stützpunkt der griechischen Luftwaffe dort.

Er fuhr weiter durch Tavronitis und ein paar Minuten später war Jannis in Kolimbari angekommen. Das Café befand sich an einem der schönsten Plätze Kretas. Das *Karékla Paralias*, was übersetzt Strandkorb bedeutet, lag auf den Klippen am Meer. Je nach Laune des Meeres, konnten die Besucher an den vorderen Tischen gelegentlich etwas Gischt abbekommen. Touristen und Einheimische genossen diese Erfrischung in der heißen Mittagszeit. Ein alter, verwitterter Strandkorb aus sonnengebleichtem Holz stand neben dem Eingang. Er hatte dem Café seinen Namen gegeben.

Jannis hatte sich mit Elena ein wenig abseits in eine Ecke gesetzt, unter einen blauen Sonnenschirm, wo sie sich ungestört unterhalten konnten. Sie bestellten frisch gepressten Orangensaft und Jannis ein Stück des besten Schokoladenkuchens, der auf Kreta zu haben war.

„Wie kann ich dir helfen?" fragte Elena ihn und strich ihren fransigen Pony aus der Stirn.

Jannis ordnete seine Gedanken: „Du kannst mir erzählen, was in der Mordnacht geschah. Zumindest, was ihr bereits wisst."

„Michalis hatte am Abend auf seiner Yacht eine Party gegeben. Mit seinen beiden Freunden Philipos und Alexandros hatte er anscheinend etwas zu feiern. Alexandros ist Arzt, ein Kardiologe, und Philipos ein namhafter Anwalt auf Kreta. Die drei haben zusammen Geschäfte gemacht und diesmal wohl ein besonders lukratives."

„Also waren sie zu dritt auf der Yacht?", hakte Jannis nach und steckte sich ein großes Stück Kuchen in den Mund. Die Schokolade schmolz geradezu auf der Zunge. Ein Genuss. Jannis unterdrückte ein Seufzen.

„Nein", Elena schüttelte den Kopf. „Auf dem Weg zur Yacht waren sie durch den alten venezianischen Hafen gekommen und an einem Stand zur Rettung von Wasserschildkröten vorbei gelaufen. Drei junge Schwedinnen sammelten Unterschriften zum Schutz der heimischen *Caretta Caretta*. Die Mädchen hatten Michalis gefallen, und so hatte er sie spontan auf die Yacht eingeladen. Die Schwedeninnen waren natürlich begeistert und waren gerne mitgekommen."

Jannis schaute erstaunt auf. „Die kannten sich gar nicht?"

Elena schüttelte den Kopf. Ihr blonder Pferdeschwanz wippte im Takt.

„Sie sind einfach mitgegangen?"

Elena lächelte. „Janni, welches junge Mädchen ist nicht geschmeichelt, wenn es von einem Millionär auf seine Yacht eingeladen wird? Da würde fast jede mitgehen."

„Da hast du wahrscheinlich recht", stimmte Jannis ihr

zu. „Also waren sie zu sechst auf der Yacht. Sie feierten. Und dann?“ Jannis bestellte sich einen Kaffee.

„Laut Aussagen der Freunde und der Mädchen wurde viel Champagner getrunken und ausgelassen getanzt. Es soll eine fröhliche, unbeschwerte Stimmung geherrscht haben, bis Michalis irgendwann unter Deck verschwand. Alexandros meinte, Michalis wäre höchstens ein paar Minuten weg gewesen, doch als er wiederkam, war er wie ausgewechselt. Er war schlecht gelaunt und sehr aggressiv. Er schnauzte ohne ersichtlichen Grund herum. Erst jagte er die Mädchen von Bord und kurze Zeit später auch seine Freunde.“

„Sind auch wirklich alle gegangen?“

„Es sieht so aus. Zwei der Mädchen waren noch in einem Pub in Chania und haben dort bis zum Morgengrauen getanzt. Der Arzt ist mit dem dritten Mädchen an den Strand gegangen. Sie trennten sich erst am nächsten Morgen, als Michalis wahrscheinlich schon tot war.“

„Und der Anwalt?“, wollte Jannis wissen.

„Der ging direkt nach Hause.“

„Zeugen?“

„Keine.“

Jannis hob überrascht den Kopf und blickte Elena in die Augen. „Er hat kein Alibi?“

„Nein. Aber er hat auch kein Motiv.“

„Wieso glaubst du das?“, fragte Jannis und kratzte die letzten Kuchenkrümel zusammen.

Elena überlegte, bevor sie antwortete: „Er war sein Freund und hatte gute, lukrative Geschäfte mit ihm gemacht. Warum hätte er ihn umbringen sollen?“

Jannis dachte nach. „Habt ihr die Finanzen schon durchgecheckt? Welchen Besitz hatte Michalis? Woran war er beteiligt? Hatte er Schulden? Hatte er sich vielleicht bei einem Geschäft verkalkuliert? Was waren seine momentanen Projekte? Wer waren seine Geschäftspartner?“ Jannis war sich nicht sicher, dass Elena die notwendigen Nachforschungen schon angestellt hatte.

Doch Elena nickte. „Wir haben bereits damit angefangen, das zu überprüfen.“

Jannis fasste sich nachdenklich an den Kopf. „Und wie sieht es in seiner Familie aus? Hatte er Geschwister? Was machen seine Eltern? Ich würde gerne mehr über sein Umfeld wissen. Hatte er eine Freundin?“

„Er hatte einen jüngeren Bruder: Sebastianos. Ich habe ihn kurz kennen gelernt. Er scheint das genaue Gegenteil von Michalis zu sein. Sehr ruhig und familiär. Er hilft seinen Eltern im Hotel.“

„Sie haben ein Hotel?“

„Ja“, antwortete Elena. „Ein kleines Hotel in Athen. Sebastianos und seine Eltern sind fleißige und bescheidene Leute.“

„Stille Wasser sind tief“, murmelte Jannis in Bezug auf den jüngeren Bruder.

„Das mag sein. Doch nicht nur, dass Sebastianos zu einem Mord meiner Meinung nach nicht fähig wäre, er hat auch ein absolut wasserdichtes Alibi in Athen.“

Jannis nickte. Das war natürlich überzeugend. Es entstand eine Pause.

Der pensionierte Kommissar merkte zu seiner Verwunderung, dass ihm Elenas Gegenwart angenehm war. Ihre offene Art gefiel ihm. Zudem mochte er Frauen, die es nicht nötig hatten, ihr Gesicht hinter dicker Schminke zu verstecken. Elena war eindeutig eine natürliche Schönheit. Das war ihm auf der Yacht gar nicht aufgefallen.

Elena trank ihren Orangensaft aus und stand auf. „Ich mach mich wieder an die Arbeit, Janni. Wenn du noch Fragen hast, kannst du dich gerne bei mir melden. Jássou!“

12

Nach dem großen Stück Schokoladenkuchen, das ihm schwer im Magen lag, beschloss Jannis sich etwas zu bewegen. Da er bereits in Kolimbari war, wollte er sich die nahegelegene Marathokefala-Höhle ansehen. Er brauchte nur ein paar Minuten, bis er den kleinen roten Panda den steilen Berg zur Höhle heraufgequält hatte. Immerhin befand sie sich auf ungefähr 120 Metern Höhe.

Jannis stellte den Wagen auf dem Parkplatz ab und spazierte durch einen gemauerten Torbogen zum Eingang mit dem liebevoll angelegten Vorplatz. Er war von einer kleinen mit Moos und Flechten bewachsenen Steinmauer umgeben. Er schaute in die Ferne. Der Ausblick von hier war atemberaubend: Die gesamte westliche Nordküste Kretas konnte man überblicken. Das Meer schimmerte in verschiedenen Blautönen.

Jannis genoss die Aussicht und die Stille. Die Hektik der letzten Tage fiel von ihm ab. Er drehte sich um, ging zum Eingang der Höhle und bewunderte wieder einmal dieses von Menschenhand geschaffene Werk. Fast jedes Jahr nahm er sich die Zeit, diesen beeindruckenden Ort zu besuchen. Die Höhle des Heiligen Johannes war für Jannis einer der schönsten Wallfahrtsorte, die er kannte. Der Namensgeber Johannes der Täufer soll hier als Eremit gehaust haben.

Ehrfürchtig strich Jannis über den kühlen Felsen und betrachtete die gusseiserne Glocke am Eingang. Hinter der Krypta versteckte Johannes sich, wenn andere die Höhle besuchten. Tief in den Berg hinein zogen sich die Räume. In den Katakomben waren viele Ikonen zu finden. Während der Belagerung durch die Osmanen wurde ein Raum als geheime Schule benutzt.

Jannis ging über den unebenen Boden durch die Höhle. Auf der einen Seite befanden sich viele Holzbänke und gegenüber ein großes Kreuz. An einer Stelle tropfte Wasser aus dem Felsen. Es wurde als *Heiliges Wasser* aufgefangen.

„Wenn ich jemals heirate, dann nur hier“, hatte Nike jedes Mal gesagt und war damit bestimmt nicht allein. Die Marathokefala-Höhle lud mit einer magischen Stimmung zum Träumen ein. Viele Paare feierten hier Hochzeit und auch

Taufen wurden in der Höhle vollzogen. Zu Weihnachten fand regelmäßig ein Gottesdienst statt, bei dem, wie Jannis gehört hatte, auch verschiedene Tiere dabei waren. Nur zu gern hätte er das einmal miterlebt.

Auf dem Rückweg zum Ausgang wirkte der Fels noch gewaltiger. Jannis spürte, wie die Ruhe sich auf ihn übertrug. Dieser Ort hinterließ einen unvergesslichen Eindruck, er empfand ein überwältigendes Gefühl von Freiheit. Er freute sich darauf mit Mirabella in ein paar Wochen wiederzukommen. Fröhlich fuhr er zurück zur *Villa Alpha*.

13

Am nächsten Tag wollte sich Jannis noch einmal in Ruhe einen Eindruck vom Tatort machen. Sitz und Lenkrad seines kleinen Pandas waren glühend heiß von der Sonne. Nächstes Mal würde er sich einen Schattenparkplatz unter den Bäumen suchen. Er fuhr durch das lebhafte Platanias die Küstenstraße entlang. Durch das offene Fenster spürte er den warmen Fahrtwind. Touristen schoben sich sogar in der Mittagshitze die Bürgersteige entlang und klapperten die vielen Souvenirgeschäfte ab.

Hinter Platanias kam Agia Marina. Das Örtchen war nicht ganz so überlaufen, doch ruhiger wurde es erst danach. Er passierte einige kleine Tavernen, die direkt am Meer lagen.

Etwa eine halbe Stunde benötigte Jannis ins staubige Chania. Er parkte im Zentrum von Chania auf einem abgelegenen Schotterparkplatz in der Nähe des Hafens. In der lebhaften Großstadt einen Parkplatz zu finden, war fast unmöglich, außer man war Einheimischer und kannte die besten Plätze. Der hier war perfekt. Man parkte kostenlos, und Jannis mochte es, an der alten Hafenmauer entlang zum venezianischen Hafen zu laufen. Er schaute auf das funkelnde Meer. Kleine weiße Jollen segelten vor der Hafeneinfahrt. Jannis schlenderte am

Maritim-Museum vorbei und grüßte den alten Leuchtturm, der die Hafenbucht schützte. Jannis liebte seinen Anblick. Nur das Fundament stammte noch aus venezianischer Zeit, der bestehende Leuchtturm wurde 1830 erbaut.

An einem leicht bewölkten Tag hatte er mit Agda einmal die mühsame Wanderung durch den Hafen zum Leuchtturm unternommen. Man sollte sich weder bei großer Hitze noch bei hohen Wellen auf diesen Weg machen. Doch Agda und er fanden, dass es die Anstrengungen wert war. Leider konnte man nicht auf den Leuchtturm hochgehen, doch er war ein wunderschönes Bauwerk und man hatte von dort einen ganz außergewöhnlichen Blick auf den Hafen. Chanias Wahrzeichen wurde sogar heute noch mit Fackeln betrieben und nicht mit Strom.

In dem U-förmigen Hafen verweilte Jannis einen Moment und nahm die besondere Atmosphäre, die von diesem Ort ausging, in sich auf. Er beobachtete einen alten Fischer, der einen winzigen Fisch aus dem Hafenwasser zog. Leise klatschten die Wellen an die Kaimauer. Es roch nach Salz und Algen. Sein Blick wanderte von den immer überfüllten Restaurants zur Hasan-Pascha-Moschee mit ihrer hohen Kuppel. Das Minarett war im 20. Jahrhundert abgerissen worden, doch auch ohne den Turm war das Bauwerk beeindruckend. Jannis nahm sich vor, Dimitri zu fragen, wie die Moschee heute genutzt wurde. Nur bis 1923 diente sie als Gebetsstätte, dann als Lager und später als Touristeninformation.

Er flanierte entspannt die Promenade entlang, wo sich die Restaurants aneinander reihten. Von allen Seiten wurde er von Kellnern angesprochen, die ihn dazu animieren wollten, in ihrer Lokalität zu essen. Jannis empfand solches Verhalten lästig und war froh, als er die Tavernen hinter sich ließ und an der Moschee vorbei ging. Er wich einem Pferdefuhrwerk aus, das gerade Touristen durch den Hafen kutschierte. Reges Treiben füllte die Stadt mit Leben. Eine kleine schwarzweiße Katze lief Jannis vor die Füße. Schnurrend strich sie um seine Beine und machte einen Buckel. Jannis kraulte ihr kurz über den Kopf, bevor sie mit einem Satz auf die nächste Mauer sprang. Im Yachthafen lagen prächtige Boote vor Anker. Eines luxuriöser als das andere. Dazwischen immer mal wieder ein kleines, rostiges Fischerboot – und die *Magdalena*.

Die große Yacht lag seitlich am Pier und war am Bug und am Heck mit dicken Tauen an den Pollern festgemacht.

Wieder war Jannis beeindruckt. Er schritt ihre Länge ab und betrachtete sie ausgiebig. Die *Magdalena* hatte einen zweistöckigen Aufbau. Während unten der Motorraum und die Küche untergebracht waren, vermutete Jannis in der ersten Etage neben der Ruderstation die luxuriösen Schlafzimmer.

Am Bug, auf der Sonnenterrasse, hatte der Mord stattgefunden. Am Heck sah Jannis die blauweiße Nationalflagge Griechenlands stolz am Flaggenstock wehen. Das Blau steht für das Meer und den Himmel. Das Weiß für die Unabhängigkeit des Landes.

Bei so viel Luxus wunderte es Jannis nicht mehr, dass die drei jungen Mädchen die Einladung von Michalis bereitwillig angenommen hatten. Jannis bereute es ein wenig, dass er sich nicht weiter auf der Yacht umgesehen hatte, als Panaiotis ihn mit dem Fall bekannt gemacht hatte, denn allein wollte er sich keinen Zutritt verschaffen.

Jannis musterte die *Magdalena* erneut. Ihre Größe ließ ihn vermuten, dass Michalis eine kleine Crew hatte. Wussten Panaiotis und Elena davon? Meist gehörten ein Kapitän dazu, der das Schiff steuerte und ein Stewart, der bei den Anlegemanövern helfen konnte. Jannis konnte sich gut vorstellen, dass Michalis einen Koch beschäftigte. Wer war in der Mordnacht an Bord?

Jannis schaute sich um. Rechts neben der *Magdalena* lag ein kleines Boot, von dem aus Schwämme an Touristen verkauft wurden. Er ging hinüber und fragte den Inhaber, ob er von hier aus in der Mordnacht etwas beobachtet hätte. Doch der alte Kreter erwies sich als nicht besonders redefreudig. Er habe nichts gesehen. Er habe nur mitbekommen, dass auf der Yacht eine Party war, habe aber bald Feierabend gemacht.

Jannis setzte sich auf eine kleine Mauer und schaute sich gründlich um. Weit und breit war keine Kamera zu entdecken, die das Verbrechen hätte eventuell aufgenommen haben könnte. Immer öfter hatten private Yachten oder kleine Cafés Videoüberwachung. Hier sah es aber nicht danach aus. Auch die nah gelegene Taverne *Spilios* mit den drei türkisblauen Tischen vor der Tür schien keine angebracht zu haben.

Gerade als Jannis zurückgehen wollte, kam ein älterer Grieche in abgetragenen Arbeitssachen und stieg auf sein kleines Schiff. Er wollte wohl zum Fischen aufs Meer hinausfahren.

Jannis grüßte ihn. „Jássou!" Der alte Grieche nickte nur.

Jannis kam direkt zur Sache: „Ich untersuche den Mordfall an Michalis", rief er ihm zu, in dem Bewusstsein, sich mit dieser Behauptung auf dünnem Eis zu bewegen. Obwohl – irgendwie stimmte es ja. „Haben Sie in der Nacht von Donnerstag auf Freitag hier irgendetwas Besonderes beobachtet?"

„Óchi!", der Alte schüttelte verneinend den Kopf. Sehr gesprächig war auch er nicht, während er sein Boot zum Ablegen vorbereitete.

„Ich kann Sie auch zu einer offiziellen Anhörung ins Polizeipräsidium vorladen lassen – wenn Ihnen das lieber ist?" Jannis schluckte. Noch dünneres Eis. Doch er wagte den Versuch, und es funktionierte. „Was wollen Sie denn wissen?", brummte der Alte.

„Kannten Sie Michalis Papadakis?"

„Wer kannte den nicht, diesen reichen Schnösel."

„Sie mochten ihn nicht?"

„Der wird immer reicher und reicher, feiert eine Party nach der anderen, und unsereins kämpft gerade so ums Überleben. Pah!", verächtlich winkte der Alte ab.

„Kannten Sie ihn persönlich?"

„Nein. Will ich auch nicht. So einer passt hier nicht hin. Es war nur eine Frage der Zeit, bis er verschwand." Er machte das Boot los. „Sonst noch was?"

„Nein, danke", erwiderte Jannis.

Der Fischer hob die Hand zum Gruß und gab langsam Gas.

Jannis schaute ihm nachdenklich hinterher. Michalis schien nicht bei allen beliebt gewesen zu sein.

14

Langsam verspürte Jannis ein leichtes Hungergefühl. Er ging an den alten Lagerhallen entlang zurück zum Hafen. Die Katze lag immer noch faul auf der Mauer und blinzelte in die Sonne. Kurz vor der Moschee entdeckte er einen kleinen Holzstand mit einem Plakat, das zur Rettung der Meeresschildkröte aufrief. Zwei junge blonde Mädchen standen dahinter und unterhielten sich fröhlich. Wie konnte ich den Stand auf dem Hinweg nur übersehen haben, dachte Jannis.

Er betrachtete die Mädchen genauer. Zwar befanden sich in der Polizeiakte Fotos von den drei Schwedinnen, die mit Michalis auf der Yacht gefeiert hatten, aber ob es sich um dieselben handelte, vermochte er nicht zu sagen. Sie sahen nett aus, waren jung und hatten lange blonde Haare.

Eines der Mädchen kam auf ihn zu und klärte ihn über die Gefährdung der *Caretta Caretta* auf. Scheinbar hielt sie ihn für einen Touristen.

In gutem Englisch erklärte sie ihm, dass die schönen Wasserschildkröten über einen Meter groß werden und ein Gewicht von bis zu 150 Kilogramm erreichen konnten. Jannis wusste, wie bedroht diese wunderbaren Tiere waren. Neben illegalem Verkauf für Küche und Medikamente machte ihnen hauptsächlich die Umweltverschmutzung zu schaffen. Deshalb kümmerte sich die Schwedin mit ihren Freundinnen um die Nester der Schildkröten. Jannis konnte sich gut vorstellen, dass sie auch das Gelege vor der *Villa Alpha* überwachten. Die junge Schwedin sprach sehr engagiert, und Jannis freute sich über so viel Einsatz. Er setzte seine Unterschrift auf ihre Liste und versprach, über eine Spende nachzudenken. Dann sagte er beiläufig, dass es am

Meer nicht nur für Schildkröten nicht ungefährlich sei, und schaute in die Richtung der *Magdalena*.

„Ich habe gehört, hier hat es vor ein paar Tagen einen Mord gegeben."

Das eine Mädchen antwortete prompt. „Ja, der Michalis, der Millionär, ist umgebracht worden. Auf seiner eigenen Yacht. Ist das nicht schrecklich?"

Jannis nickte einfühlsam. „Ja, das ist schlimm. Weiß man schon, wer das getan hat?"

Die junge Frau schüttelte den Kopf. „Bis jetzt scheint die Polizei im Dunkeln zu tappen. Keine Ahnung haben die", erklärte sie in einem abwertenden Ton. Etwas in ihrer Stimme ließ Jannis aufhorchen. „Hast du denn eine Ahnung?", wollte er wissen.

Das Mädchen zögerte nur kurz. Dann fuhr sie fort: „Ich war am Abend seines Todes noch bei ihm auf der Yacht", sagte sie stolz.

Jannis zog die Augenbrauen hoch. „Wirklich? Du kanntest ihn? Warst du seine Freundin?"

„Nein, das kann man so nicht sagen. Wir haben uns erst an dem Abend kennen gelernt. Außerdem waren noch andere da. Wir haben eine kleine Privatparty gefeiert." Sie grinste. „Es gab jede Menge Champagner." Sie kam ins Schwärmen.

„Wer war denn noch dabei?" Jannis versuchte das Gespräch behutsam wieder in seine Richtung zu lenken.

„Es waren noch zwei Freunde von Michalis da. Und zwei meiner Freundinnen aus Schweden, Julia und Selma. Sie engagieren sich auch für die Schildkröten. Mit seinen Freunden, der eine hieß glaube ich Philipos, hatte Michalis immer wieder getuschelt und dann haben sie laut gelacht."

„Mit dem anderen Freund nicht?", wunderte sich Jannis.

„Nein, der hatte nur Augen für meine Freundin Selma. Der war zu beschäftigt." Die junge Schwedin lachte fröhlich.

Jannis nickte verständnisvoll und schaute sie erwartungsvoll an. Tatsächlich erzählte sie gerne weiter.

„Auf jeden Fall war Michalis dann für eine kurze Zeit

verschwunden und danach war er sehr schlecht gelaunt. Er hat uns alle von der Yacht geworfen. Auch seine Freunde."

„Weißt du denn, weshalb seine Laune sich geändert hatte?"

„Nein, das weiß ich nicht. Aber es muss etwas Schlimmes passiert sein. Er war vorher so charmant und fröhlich – und ein paar Stunden später war er tot." Ihre Stimme zitterte leicht und Jannis meinte eine kleine Träne in ihren Augen bemerkt zu haben. „Und meine Freundin hat ihn auch noch tot gesehen. In seinem eigenen Blut lag er. Das muss ein Schock gewesen sein."

Jannis riss die Augen auf. „Sie?", fragte er und deutete auf das andere Mädchen.

„Nein, das ist Emma. Unserer Freundin Selma geht es seit diesem Erlebnis nicht gut. Sie hat das Camp, in dem wir wohnen, seitdem nicht mehr verlassen."

„Das kann man verstehen." Jannis nickte verständnisvoll. „Was wollte sie denn an dem Morgen da?", fragte er verwundert.

„Ach, das war ganz blöd. Michalis hatte uns abends eine große Spende zugesichert. Er hatte den Scheck schon ausgestellt, aber als er uns alle von Bord geworfen hatte, haben wir ihn vergessen. Selma wollte ihn holen."

Mehr schien die Schwedin nicht zu sagen zu haben, und Jannis wollte nicht aufdringlich sein. Er hatte bereits mehr erfahren als er erhofft hatte, und ihre Erzählung deckte sich mit dem, was er durch Panaiotis und Elena wusste.

Er faltete einen 20-Euro-Schein und steckte ihn in die Spendendose in Form einer lächelnden Schildkröte. Die Mädchen freuten sich und bedankten sich überschwänglich bei ihm. „Danke. Komm bald mal wieder!", riefen sie ihm nach.

Jannis ging durch eine kleine verwinkelte Straße. Er liebte die schmalen Gässchen mit den krummen Häuserwänden und den herabhängenden Stromkabeln. Manchmal lief er unter einem Blütendach aus Bougainvilleas hindurch. Die leuchtend pinkfarbenen Blüten belebten die Gassen. Immer wieder kam er an gemütlichen Tavernen vorbei, die ihre Tische im Freien aufgestellt hatten. Viele kleine Geschäfte boten bunte Souvenirs an und traditionelle Produkte aus Honig und Milch. Getrocknete Kräuter sorgten für einen angenehmen Geruch. Griechische Musik war von überall zu hören, Jannis staunte immer wieder, wie vielfältig und zauberhaft Chanias Altstadt war.

Er hatte beschlossen, im *Paradise*, seiner Lieblingstaverne in Chania, einen Griechischen Salat und ein paar kleine Souvlakis zu essen, bevor er mit seinem Panda nach Gerani zurückfuhr.

15

Später am Abend traf man sich bei Dimitri in der Taverne *Mylos*. Jannis hatte seiner Elsa eine große knackige Möhre mitgebracht. Die Eseldame wusste das zu schätzen und iahte besonders laut.

Nun saß er mit Elena und Panaiotis am Tisch, und sie genossen den köstlichen Hauswein.

„Die Auskünfte über Michalis Finanzen werden noch einiges an Zeit benötigen", eröffnete Elena das Gespräch. „Ich habe mich überall erkundigt und die richtigen Leute kontaktiert. Jetzt warte ich nur noch auf die Antworten."

„Gut", nickte Jannis zufrieden und lächelte ihr aufmunternd zu. „Was hast du über seine Familie herausgefunden?"

„Das meiste wussten wir bereits. Michalis Papadakis wuchs mit einem Bruder bei seinen Eltern Efgenia und Stadios auf Kreta auf. Später zog die Familie nach Athen, wo die Eltern und der jüngere Bruder Sebastianos immer noch wohnen. Sie besitzen dort ein freistehendes Haus. Die Familie ist nicht reich, aber es scheint ihnen finanziell gut zu gehen. Seit vierzehn Jahren sind sie Inhaber des kleinen Hotels *Utopia* in Athen."

„Über den Tod ihres Sohnes sind sie natürlich sehr erschüttert", fuhr Panaiotis fort. „Am Tag danach waren sie schon alle hier. Frau Papadakis brach immer wieder zusammen. Ihr Mann sprach kaum etwas. Ich habe lange mit ihnen zusammen gesessen. Sehr sympathische Menschen."

„Kinder sollten nicht vor den Eltern sterben", murmelte Jannis. Bei dem Gedanken an seine Tochter schnürte es ihm die Kehle zu.

„Aber das stand ja alles in der Akte." Doch nun lächelte Elena. „Ich habe heute mit Frau Papadakis telefoniert. Sie meinte, ihr Sohn habe in letzter Zeit eine Freundin gehabt."

Jannis hob abrupt den Kopf. Davon hatte er bis jetzt nichts gewusst. Auch Panaiotis schien die Neuigkeit zu überraschen.

„Wissen wir wer sie ist?", fragte Panaiotis.

Elena schüttelte den Kopf. „Seine Freunde Philipos Galani und Alexandros Karagounis werden sie aber bestimmt kennen", vermutete sie.

„Du hast Recht", stimmte Jannis ihr zu. „Lass uns die beiden doch mal zusammen befragen. Das könnte sehr interessant werden. Ich würde mir gerne selbst ein Bild von ihnen machen."

Elena machte sich eine Notiz. „Ich werde sie für morgen einladen. Dann können wir drei gemeinsam ihnen ein paar Fragen stellen."

Panaiotis räusperte sich. Er wurde plötzlich sehr ernst. „Ich habe morgen einen Termin im Krankenhaus in Chania. Sie wollen mein Herz genauer untersuchen. Ich werde euch leider nicht begleiten können." Panaiotis wirkte niedergeschlagen und war noch blasser als gestern.

Jannis war besorgt. Er wusste von Panaiotis Herzschwäche. Vor ein paar Jahren hatte man sie bei ihm festgestellt. Dass es nun schien, als wäre es schlimmer geworden, beunruhigte ihn. „Mach dir doch keine Gedanken, alter Freund. Elena und ich werden das morgen übernehmen. Nicht wahr?" Jannis schaute zu Elena hinüber.

„Natürlich!", stimmte sie sofort zu. Auch sie machte sich große Sorgen um ihren Chef. Sie wollte nicht, dass er auch noch Angst um die Ermittlung hatte. Sie war froh, dass sie

Jannis nun an ihrer Seite hatte. Zusammen würden sie das schon schaffen. „Soll ich die beiden für morgen Mittag aufs Revier bestellen?“, fragte sie Jannis.

„Ja, gerne“, erwiderte der ehemalige Kommissar. „Lasst uns jetzt aber in Ruhe essen und von etwas anderem reden.“ Jannis wollte, dass Panaiotis einen sorgenfreien Abend unter Freunden genoss.

16

Am nächsten Tag warteten Elena und Jannis bereits im Polizeipräsidium, als der Anwalt Philipos Galani und der Arzt Alexandros Karagounis das Büro betraten.

Jannis hatte sich am Abend noch so gut es ging über die beiden informiert. Beide waren 34 Jahre alt. Genau wie Michalis. Sie waren mit ihm auf Kreta zur Schule gegangen.

Auch danach, während des Studiums in Athen, hatten sie wohl engen Kontakt gehalten. Philipos Galani hatte Jura studiert, Alexandros Karagounis erfolgreich sein Medizinstudium absolviert und Michalis ein BWL-Studium abgeschlossen. Nach der gemeinsamen Studienzeit trennten sich ihre Wege. Philipos und Alexandros gingen schnell zurück nach Kreta. Philipos hat eine gutgehende Anwaltskanzlei in Agia Marina, das liegt ungefähr zwanzig Minuten von Chania entfernt.

Alexandros hatte sich als Herzspezialist einen Namen auf Kreta und darüber hinaus gemacht. Er arbeitete in einem Krankenhaus in Chania und war seit diesem Jahr Chefarzt der Kardiologie. Zwischendurch hielt er gutbezahlte Vorträge auf der ganzen Welt zum Thema kardiovasculäre Erkrankungen.

Keiner der beiden war bisher mit dem Gesetz in Konflikt gekommen. Keine Auffälligkeiten. Noch nicht einmal einen Strafzettel hatten sie in den letzten Jahren bekommen.

Als die Freunde durch die Glastür traten, musterte Jannis sie aufmerksam.

Beide waren sie groß gewachsen und schlank gebaut. Der Arzt hatte ein rundlicheres Gesicht und einen Dreitagebart. Beide Männer hatten dunkle kurze Haare und wirkten sehr gepflegt.

Während der Arzt sehr leger mit dunkler Jeans und grauem T-Shirt gekleidet war, sah der Anwalt aus wie aus einem Modekatalog entsprungen. Ein kariertes Hemd passte perfekt zu der beigen engen Stoffhose. Man konnte sehen, dass Philipos Galani das Äußere wichtig war.

„Setzen Sie sich doch“, bot Elena ihnen einen Stuhl an.

„Wir wüssten gerne, weshalb wir hier sind. Das war sehr kurzfristig. Glauben Sie nicht, wir haben Besseres zu tun?“ Der Anwalt übernahm das Gespräch in überheblichem Ton, was Jannis überhaupt nicht gefiel.

Elena wunderte sich: „Was gibt es Wichtigeres, als den Mord an einem Freund aufklären zu helfen?“, fragte sie spitz.

Jannis grinste. Solch einen zickigen Unterton hatte er von Elena noch nicht gehört. Er gefiel ihm.

Beschwichtigend legte der Arzt die Hand auf Philipos Arm. „Beruhige dich!“ An Jannis gewandt fragte er: „Gibt es etwas Neues? Wir haben doch bereits ihrem Kollegen alles erzählt, was an dem Abend vor dem Mord geschehen ist.“

„Leider nein“, musste Jannis zugeben.

Der Anwalt schüttelte verständnislos den Kopf. „Das kann doch nicht sein. Wozu ist die Polizei denn da? Und wer sind Sie überhaupt?“ Philipos Galani hatte sich in Rage geredet. Seine arrogante Stimme machte es Jannis leicht, in gleichem Tonfall zu antworten. „Das tut nichts zur Sache. Allein meine Anwesenheit sollte Ihnen den nötigen Respekt verschaffen.“ Er wusste, dass er hoch gepokert hatte und bemühte sich, Elenas erstaunten Blick zu ignorieren. Wenn Jannis sich dem Anwalt mit Namen vorgestellt hätte, würde der garantiert sofort Erkundigungen über ihn einholen und er hätte umgehend eine Anzeige wegen Amtsmissbrauch am Hals.

Glücklicherweise überging Philipos Jannis Verhalten und wetterte weiter.

„Die meisten Morde werden innerhalb der ersten Wochen aufgeklärt. Danach gibt es laut Statistik nur noch eine hauchdünne Chance, einen Fall jemals zu klären. Also tun Sie etwas!"

Jannis nickte. „Da haben Sie Recht. Das ist auch der Grund, weshalb wir sie erneut hierher bemüht haben. Ich möchte Ihnen noch ein paar Fragen stellen." Bevor der Anwalt wieder zu Wort kommen konnte, hob Jannis beschwichtigend die Hände. „Ich weiß, das hat Kommissar Panaiotis Torosidis bereits gemacht, aber wir brauchen neue Anhaltspunkte. Vielleicht haben wir ja etwas übersehen, oder Ihnen fällt noch etwas ein, das beim letzten Mal keine Erwähnung gefunden hatte."

Jannis wandte sich zunächst an den Arzt. „Herr Karagounis, können Sie mir sagen, in welchem Verhältnis Sie zu Michalis Papadakis standen?"

„Ich bin, genau wie Philipos, einer seiner besten Freunde. Wir kennen uns schon seit der Schulzeit." Jannis nickte. „Und, haben Sie sich immer gut verstanden oder gab es auch mal Streit zwischen Ihnen?"

„Er will wissen, ob einer von uns ihn umgebracht hat." Philipos fuhr in gekonnter Anwalt-Manier seinem Freund ins Wort. „Du brauchst darauf nicht zu antworten."

Jannis brachte ihn mit einem eisigen Blick zum Schweigen. Der Arzt fuhr fort. „Sicher, es gab auch hin und wieder Unstimmigkeiten, eher Meinungsverschiedenheiten. Doch richtig gestritten haben wir uns eigentlich nie."

Jannis machte sich Notizen auf einem kleinen Block. „Wie würden Sie Michalis beschreiben?"

Jetzt übernahm der Anwalt. „Er war zielstrebig und ehrgeizig. Was er anfasste wurde zu Gold. Er hatte einen außergewöhnlichen Riecher für ein gutes Geschäft."

Anscheinend hatte Philipos beschlossen, sich doch ein wenig kooperativ zu zeigen.

„Und privat?", hakte Jannis nach.

„Er war lustig. Und großzügig."

„Richtete er öfter solche Partys aus?"

„Ja! Seine luxuriösen Partys waren berühmt. Mit jeder Menge erlesenem Alkohol und den schönsten Frauen", antwortete Philipos grinsend. „Sie dauerten meist bis in die frühen Morgenstunden."

„Gab es einen besonderen Grund für die letzte Feier?", fragte Elena.

Philipos und Alexandros warfen sich einen schnellen Blick zu. „Es ging um ein Geschäft", antwortete Philipos knapp.

Die Polizistin hakte nach: „Um was für ein Geschäft handelte es sich denn?"

„Ich glaube nicht, dass das für die Aufklärung des Falles von Interesse ist", murmelte Philipos.

„Was wichtig ist und was nicht, entscheiden immer noch wir", sagte Elena in bestimmten Ton.

Dieses Mal antwortete Alexandros. „Wir haben lange auf ein sehr lukratives Geschäft hingearbeitet. Wir wollen eine riesige Hotelanlage mit Spa und allem Luxus bauen. An jenem Tag sind wir unserem Ziel ein großes Stück näher gekommen."

Elena nickte. „Und jetzt, wo Michalis tot ist? Wie geht es weiter mit dem Geschäft?"

Jannis bewunderte Elena. Sie hatte genau die richtigen Fragen gestellt. Nicht nur hübsch war sie, sondern auch noch clever, mit einem starken Durchsetzungsvermögen. Sie gefiel ihm immer besser.

Alexandros zuckte mit den Schultern. „Ehrlich gesagt, das wissen wir noch nicht."

„Hatte Michalis eine Freundin?"

Der Anwalt zögerte. Für Jannis Geschmack ein wenig zu lange. „Nein, Michalis hatte zum Zeitpunkt seines Todes keine Freundin. Keine feste, wenn es das ist, was Sie meinen."

Jannis schaute ihn fragend an.

„Er hatte immer mal wieder eine Freundin."

„Viele Freundinnen!", warf Alexandros schmunzelnd ein. „Er liebte schöne Frauen. Egal ob blond oder braun. Aber schlank mussten sie sein. Und jung."

Philipos und Alexandros lachten.

„So wie Freja, Julia und Selma?“ Elena nannte die drei Schwedinnen von der letzten Party. Der Anwalt winkte abwertend ab. „Das war doch nur Party-Zubehör.“

Alexandros funkelte ihn an.

Auch Elena wurde wütend bei so viel männlicher Oberflächlichkeit. Schnell griff Jannis ein, der die Zornesfalte auf ihrer Stirn bemerkte. „Gab es für ihn denn auch etwas anderes als *Party-Zubehör*?“, fragte er.

Erneut warfen sich Alexandros und Philipos einen Blick zu.

Jannis nahm sich vor, die beiden beim nächsten Mal getrennt zu befragen. Er hakte genauer nach. „Wer war denn Michalis letzte Freundin?“

„Das war wohl Pela“, meinte der Doktor. „Ich schätze, sie waren vier Monate zusammen.“

„Das ist ja fast eine Ewigkeit“, zischte Elena.

„Aber getrennt sie sind bestimmt schon seit einem Monat.“

Eifrig schrieb Jannis die Neuigkeiten auf einen Zettel. „Pela. Und weiter?“

„Patros. Pela Patros. Sie wohnt in Castelli. Ihre Eltern haben dort eine kleine Taverne, wo sie manchmal aushilft.“

„Wieso haben sie sich denn getrennt?“, fragte Elena, die sich wieder im Griff hatte.

Laut lachend sagte Philipos. „Sie wurde Michalis zu langweilig, nehme ich an.“

Auch der Arzt nickte. „Er hielt es nie lange mit einer Frau aus. Scheinbar hatte er die große Liebe noch nicht gefunden.“

„Und Sie?“ Elenas Frage traf den Arzt völlig unvorbereitet.

„Wie meinen Sie das?“

„Na, ob Sie Ihre große Liebe schon gefunden haben, ob Sie in einer Beziehung sind.“

„Ich weiß zwar nicht, was Sie das angeht, aber wenn Sie auf Selma anspielen: Offenbar scheinen wir uns zu mögen. Sie ist eine wundervolle junge Frau. So lebenslustig und voller Ideale.“ Alexandros war wohl sehr angetan von der Schwedin.

Elena freute sich, dass wenigstens einer mehr in einer Frau sah als Party-Zubehör.

„Kannten Sie sich schon vor dem Treffen auf der Yacht?“, fragte Jannis.

Alexandros schüttelte den Kopf. „Nein. Wie schon gesagt, hatte Michalis sie kurz zuvor am Hafen angesprochen und sie eingeladen. Da habe ich sie auch das erste Mal gesehen. Doch wir haben uns auf Anhieb gut verstanden.“

„So gut, dass Sie die Nacht miteinander verbracht haben“, stellte Elena fest.

„Ja, aber nicht so wie Sie vielleicht denken. Wir haben die ganze Nacht am Strand gesessen und uns unterhalten. Manchmal haben wir nur dem Meeresrauschen zugehört oder den Himmel nach Sternschnuppen abgesucht.

Alexandros geriet regelrecht ins Schwärmen.

Elena und Jannis mussten ein Grinsen unterdrücken und Philipos verdrehte genervt die Augen.

„Das kann Selma auch bestätigen?“, fragte Jannis nach.

„Natürlich!“

Nach einer kurzen Pause kam Jannis noch einmal auf die Mordnacht zu sprechen. „Mich interessiert, wer an diesem Abend sonst noch auf der Yacht war.“

„Wir haben doch alle genannt.“ Alexandros war verwundert.

„Was ist mit der Crew? So eine große Yacht braucht Bedienstete“, erklärte Jannis.

Philipos schüttelte den Kopf. „Michalis steuerte die Yacht selber. Es war für ihn seine liebste Freizeitbeschäftigung. Er war ein sehr erfahrener Kapitän.“

„Einen Koch und einige Kellner heuerte Michalis zu den Feiern an“, warf Alexandros ein. „An dieser kleinen privaten Party war aber kein Personal anwesend.“

Jannis wandte sich an Elena und nickte ihr zu. „Ich glaube, das reicht uns für heute“, beendete sie das Gespräch und erhob sich von ihrem Stuhl. „Wenn wir noch Fragen haben, melden wir uns bei Ihnen.“

„Sehr gerne!“, entgegnete der Anwalt ironisch.

Jannis und Elena genossen die Stille nach dem hitzigen Gespräch und verabredeten sich für den Abend in der Taverne von Pelas Eltern.

17

Es war fast Mittag und die Sonne brannte entsprechend. Mit dem kleinen roten Panda wollte Jannis einen Ausflug ins Landesinnere machen. Gemütlich fuhr er durch die Berge und auf dem Schotterparkplatz vor der Deliana-Schlucht machte er Halt.

Er freute sich auf einen schönen Spaziergang. Jannis mochte die friedliche Umgebung der kleinen Schlucht. Sie war längst nicht so spektakulär wie die weltbekannte Samaria-Schlucht, die oben in den Bergen bei Omalos beginnt und bis zum Strand hinabführt. Sie beeindruckt jedes Jahr viele Touristen mit ihren steilen Felsen und schmalen Durchlässen.

Die Deliana-Schlucht hingegen war weniger anspruchsvoll und auch für ungeübte Spaziergänger geeignet.

Jannis öffnete ein quietschendes Metallgitter und lief über einen schmalen befestigten Weg in die Schlucht hinein. Er atmete die frische Luft ein und genoss den Geruch von wilden Kräutern. Immer wieder schaute er sich suchend um. Kreta war berühmt für seine vielfältigen Pflanzen und Kräuter. Einige davon waren endemisch, was bedeutet, es gab sie nur hier auf Kreta. Jannis entdeckte einen großen Bergsalbei. Vorsichtig riss er ein Blatt ab und rieb es zwischen den Fingern. Augenblicklich verströmte der Salbei seinen Duft. Für Jannis war es der Geruch von Kreta.

Dann entdeckte er einige Steinmännchen als Wegweiser oder einfach als Zeichen, dass man hier gewesen war. Jannis musste an ihren Fall denken. Er war sicher, dass der Schlüssel zu dem Mord etwas mit den Steintürmen zu tun hatte. Der Täter hat ihnen etwas mitteilen wollen. Die Frage war nur was.

Jannis amüsierte sich, als er eine *Kri Kri*, eine griechische Wildziege, mitten in einem Baum auf einem dicken Ast sitzen sah. Eine andere stand mit den Hinterbeinen auf dem Boden und hatte die vorderen Hufe im Baum. Scheinbar schmeckten die Blätter hoch oben am besten. Wie so oft im Leben ist das schwer Erreichbare am reizvollsten. Jannis konnte noch mehr Ziegen durch ihre Glöckchen hören. Er kniff die Augen zusammen und suchte die steilen Berghänge ab. Doch in diesen Felswänden konnten sich die Tiere perfekt tarnen und blieben für Jannis unentdeckt.

Dann fand er wonach er suchte: Diktamos. Diktamos ist eine grüne Pflanze, die momentan rosa Blüten trug. Auch sie kann man nur auf Kreta finden. Seit der Antike nahm man an, dass Diktamos ein Heilmittel gegen alle Krankheiten sei. Das glaubte Jannis zwar nicht, doch er schätzte die entspannende Wirkung des Diktamos-Tees. Ganz besonders, wenn er von selbst gesammelten Blättern stammte. Er pflückte ein paar Stängel, während er über sich zwei Bartgeier lautlos ihre Kreise ziehen sah. Jannis genoss die menschenleere Natur, die ihm half, seine Gedanken neu zu sortieren.

Viele Anhaltspunkte hatten sie ja noch nicht. Die drei Schwedinnen ließ Jannis erst einmal außen vor. Von der körperlichen Konstitution aus betrachtet, war es für eine Frau bestimmt nicht leicht, einen Mann zu erschlagen. Es war nicht ausgeschlossen, doch die Tat trug seiner Meinung nach eher die Handschrift eines Mannes.

Das würde auf den Anwalt oder den Arzt deuten. Philipos Galani hatte sich auf dem Präsidium sehr aufgespielt. Jannis war sich nicht sicher, ob das einfach seine Art war oder weil der Anwalt etwas zu verbergen hatte.

Auf jeden Fall hatte er kein Alibi, überlegte Jannis, als er einen kleinen Salamander entdeckte, der sich auf einem Stein sonnte. Als er ihm näher kam, huschte er blitzschnell in eine kleine Felsspalte. Nur die braun gesprenkelte Schwanzspitze lugte noch heraus.

Jannis Gedanken verharrten bei dem Anwalt, er hatte kein Motiv für den Mord. Zumindest hatten sie noch keines gefunden. Trotzdem riet ihm sein Bauchgefühl, sich intensiver mit Philipos Galani zu beschäftigen. Schließlich war er unter den Letzten, die Michalis lebend gesehen haben.

Er würde das gleich mit Elena besprechen. Jannis freute sich schon sehr auf das Abendessen mit ihr.

18

Noch immer verärgert, kam der Anwalt Philipos Galani an seinem Haus an, warf schwungvoll die Tür von seinem schwarzen Jeep zu und dachte genervt, wie unfähig die Polizei doch sei.

Er stieg die zwei Stufen hoch zur Haustür und schob den weißen Blumenkübel mit pinkfarbenen Geranien ein wenig zur Seite. Verwundert stellte er fest, dass der Topf nicht auf seiner angestammten Stelle stand.

Philipos ging in das Haus, goss sich einen Ouzo ein, gab ein paar Eiswürfel hinzu und setzte sich ins Wohnzimmer. Durch die leicht erhöhte Lage seines Hauses hatte er einen prachtvollen Ausblick auf das Meer.

Er vertiefte sich in seine Gedanken. Der Kommissar hatte da etwas angesprochen, worüber er auch schon nachgedacht hatte. Was geschah jetzt mit ihrem Projekt, mit dem großen Geschäft und dem vielen Geld, das sie damit machen wollten?

Philipos hatte in der Kanzlei angerufen und sich für die nächsten Tage frei genommen. Er wollte sich ganz in Ruhe um den lukrativen Abschluss kümmern.

Der Anwalt schaute sich um. Er wurde das Gefühl nicht los, dass ihn jemand beobachtete. Eine kleine Mücke flog summend um seinen Kopf herum.

Würde er mit Alexandros allein das Hotel bauen können? Ihre Gelder würden bei weitem nicht ausreichen. Wo sollten sie neue Investoren herbekommen? Wollte Alexandros das Hotel ohne Michalis überhaupt noch bauen?

Philipos bemerkte, dass er überhaupt keine Ahnung hatte, wer noch an diesem Projekt beteiligt war. Michalis hatte immer alles alleine geregelt. Er hatte die nötigen finanziellen Mittel aufgetrieben und sich auch um erforderliche Genehmigungen gekümmert. Soweit Philipos wusste, wollten sie am Abend des schrecklichen Mordes die erteilte Baugenehmigung feiern.

Doch irgendetwas hatte Michalis die Feierlaune verdorben. Philipos kannte den Grund dafür nicht. War ein Mädchen daran schuld? Nein, die waren Michalis ziemlich egal. Wenn sein Freund so wütend wurde, musste das mit dem Geschäft zusammenhängen. Doch was war geschehen? War ein großer Investor abgesprungen?

Der Anwalt ärgerte sich, dass er alles Michalis überlassen und nun keinen Einblick hatte. Er musste dringend an Michalis Unterlagen kommen.

Morgen würde er mit der Polizei sprechen und versuchen, an Michalis Heiligtümer zu gelangen: sein Handy und seinen Laptop. Darin waren mit Sicherheit sämtliche Geldgeber gespeichert, und er konnte sich auf den neusten Stand bringen. Er würde das Projekt weiterführen – auch ohne Michalis. Philipos hatte sich entschieden, denn das viele Geld war zu verlockend.

Müde erhob er sich und goss sich noch einen Ouzo ein. Er nippte daran und schaute gedankenverloren in den Garten. Fast hätte er sich vor Schreck verschluckt: Die Büsche hatten sich bewegt.

Philipos rieb sich die Augen und starrte auf die Stelle. Nichts geschah. „Ich lass mich doch in meinem eigenen Haus nicht einschüchtern“, sagte er laut, öffnete die Terrassentür und ging auf die Veranda. In dem Moment sprang eine große getigerte Katze unter der Hecke hervor und rannte quer über die Wiese.

Erleichtert lachte Philipos auf und ging zurück ins Haus. Er zog seine Sportsachen an und schnürte sich die Turnschuhe. Der Anwalt hatte beschlossen joggen zu gehen, um den Kopf frei zu bekommen. Seine Gedanken kreisten immer wieder um Michalis und um das Geld.

In schnellem Tempo joggte Philipos durch den Orangenhain, der an sein Haus grenzte. Er liebte diesen Weg, und wann immer er hier eine Auszeit von seinem stressigen Bürojob suchte, genoss er das kleine Paradies. Der größte Teil der Orangenbäume war bereits abgeerntet, doch ein paar reife Früchte hingen noch an den Ästen. Wunderschöne orangene Farbkleckse. Er schnaufte. Langsam stoppte das Durcheinander in seinem Kopf und es formten sich konstruktive Gedanken. Jetzt, wo Michalis tot war, hätte er die Möglichkeit, noch mehr Geld zu verdienen. Viel mehr Geld. Sie mussten den Gewinn nicht mehr durch drei teilen, sondern nur noch durch zwei. Geschickt sprang er über eine Wurzel, die seinen Weg querte. Allerdings hätte er viel mehr Arbeit. Er müsste sich um die Sponsoren kümmern, die Baufirmen beauftragen und sie überwachen. Von seinem Freund Alexandros konnte er keine Hilfe erwarten. Der Arzt kannte sich mit solchen Geschäften nicht aus. Eigentlich war Philipos mit seiner Anwaltskanzlei bereits komplett ausgelastet, doch das Geld reizte zu sehr. Er wischte sich den Schweiß von der Stirn und blieb stehen. Philipos hatte endgültig einen Entschluss gefasst. Er brauchte dringend Michalis Laptop, um die nötigen Kontakte zu bekommen.

19

Jannis machte sich für das Abendessen mit Elena fertig. Fröhlich pfeifend trug er sein Rasierwasser auf und ertappte sich dabei, dass er so aufgeregt war, wie ein Schuljunge. Schon lange hatte er keine Verabredung mehr gehabt. Er hatte es nicht zugelassen. Auf Wunsch seiner Tochter hatte Jannis sich das eine oder andere Mal mit einer Frau getroffen, doch es hatte ihm keinen Spaß gemacht. Bei Elena war es anders. Er fühlte sich wohl in ihrer Gegenwart und genoss jeden Moment mit ihr. Auch wenn es ein dienstliches Treffen war, sprach nichts dagegen, den Abend mit ihr zu genießen.

Pünktlich um acht Uhr hatte Jannis Elena mit seinem roten Panda zu Hause abgeholt. Sie trug ein umwerfendes schwarzes Kleid mit einem silbernen Tuch, das sie locker um die Schultern gelegt hatte.

„Elena, du siehst fantastisch aus. Das Kleid steht dir sehr gut“, entfuhr es ihm. Komplimente dieser Art hatte er schon lange nicht mehr gemacht. Elena freute sich, dass ihm ihr Outfit gefiel. Nichts deutete darauf hin, dass sie sich einige Male umgezogen hatte, bevor sie sich für das schwarze Kleid entschieden hatte. Sie wollte heute Abend gut aussehen, aber nicht sexy. Dennoch attraktiv. Anscheinend hatte sie die richtige Wahl getroffen.

Sie fuhren nach Castelli und suchten sich in der Taverne *Portocali* einen kleinen Tisch. Der Kellner entzündete ein Windlicht, während sie Platz nahmen.

„Hast du etwas von Panaiotis gehört?“, fragte Jannis.

„Ja, ich habe mit Elefteria telefoniert, seiner Frau. Es geht ihm nicht besser. Sie werden eine Herzkatheter-Untersuchung machen müssen.“

„Das tut mir leid.“ Jannis war bedrückt.

In dem Moment kam eine attraktive junge Frau mit schwarzen langen Haaren zu ihnen an den Tisch. „Ich habe gehört, Sie wollen mit mir sprechen?“

Jannis stand auf und gab ihr die Hand. „Ja, das ist richtig. Sie müssen Pela sein. Ich würde, wir würden Ihnen gerne ein paar Fragen über Michalis stellen.“

„Wir sind von der Polizei“, sagte Elena und zeigte der jungen Frau ihren Polizeiausweis. „Setzen Sie sich doch einen Moment zu uns.“

Pela nahm sich einen Stuhl vom Nebentisch. Elena begann: „Wir wissen, dass Sie mit Michalis befreundet waren.“

Die junge Frau nickte. „Ja, er war mein Freund. Wir waren ein paar Monate liiert." Traurig schaute sie zu Boden.

„Und seit wann ist Schluss?", hakte Elena nach.

„Vor ungefähr drei Wochen haben wir uns getrennt."

„Wieso?"

Pela zögerte mit der Antwort. „Wir passten nicht zusammen. Er nahm das Leben so leicht, hatte so viel Geld. Ich muss mir alles hart erarbeiten."

Jannis horchte auf. Da war ein seltsamer Ton, der in Pelas Stimme mitschwang. War es Neid?

Auch Elena war nicht entgangen, dass hinter dieser Aussage mehr zu stecken schien.

„Er konnte die Finger nicht von anderen Frauen lassen", vermutete sie und verfolgte damit die Aussagen der Freunde über Michalis Liebesleben.

Pelas Augen funkelten zornig. „Stimmt, das war nicht gerade einfach."

„Ist er fremdgegangen?", fragte Elena direkt.

Pela schüttelte den Kopf, und ihre Augen füllten sich mit Tränen. Elena schaute sie aufmunternd an. „Was ist passiert?"

Widerwillig gab Pela zu: „Seine Ex-Freundin ist schwanger. Von ihm!" Sie schluchzte auf.

Elena zog erstaunt die Augenbrauen hoch, und auch Jannis war überrascht. „Das hat er Ihnen erzählt?"

Pela verneinte. „Woher wissen Sie es dann?", fragte Jannis neugierig.

„Sie hat es mir erzählt. Sie hat mir eines Abends hier aufgelauert und gesagt, dass ich mich von Michalis fernhalten solle. Er gehöre ihr. Sie war sehr aggressiv. Als ich sagte, dass ich ihr nicht glaube, hat sie mich zu Boden geschubst und gerufen: Das wird dir noch leidtun! Dann verschwand sie." Pela wischte sich die Tränen aus dem Gesicht.

Jannis schüttelte den Kopf. „Das ist aber keine feine Art. Was hat Michalis denn dazu gesagt?"

„Eigentlich hatte er sich vorbildlich verhalten. Er wollte zu dem Kind stehen und sie finanziell unterstützen – wenn sicher war, dass das Kind von ihm sei. Und wenn sie mich in Zukunft in Ruhe lassen würde."

„Das hört sich doch sehr vernünftig an. Zu ihr zurückgehen wollte er aber nicht?"

„Nein, er hatte immer betont, dass er mich liebe. Er wollte keine anderen Frauen mehr."

„Aber Sie haben ihm nicht geglaubt?", vermutete Elena.

Pela schaute zu Boden. „Ich konnte es nicht."

Jannis nickte verständnisvoll. „Wie heißt die Dame denn?"

„Medea! Mehr weiß ich nicht." Elena machte sich eine Notiz in ihrem Handy.

Plötzlich schluchzte Pela auf. „Was passiert ist, hat Michalis nicht verdient. Auch wenn man es auf den ersten Blick vielleicht nicht sah, er war ein guter Mensch. Nur wenn es um Geschäftliches ging, kannte er keine Freunde." Pelas Stimme war eine Mischung aus Wut und Trauer. Jannis beobachtete sie genau und fragte schließlich: „Wo waren Sie denn in der Nacht von Donnerstag auf Freitag?"

Pela zuckte zusammen. „In der Mordnacht? Hier. Ich habe gearbeitet. Es war viel los. Erst gegen halb eins haben wir die Taverne geschlossen."

„Und dann?"

„Dann bin ich nach Hause gegangen. Ich habe über zwölf Stunden am Stück gearbeitet. Sie können sich vorstellen, dass man dann müde ist. Also habe ich noch eine Kleinigkeit gegessen und bin dann schlafen gegangen."

„Kann das jemand bezeugen?"

Entrüstet antwortete Pela: „Nein, ich war allein!" Sie schaute Jannis an. „Sie verdächtigen mich, Michalis ermordet zu haben?" Die junge Frau schien ehrlich entsetzt. „So etwas könnte ich nie tun."

„Eine Frage noch", sagte Jannis in versöhnlichem Ton. „Wie war denn das Verhältnis Ihrer Eltern zu Michalis?"

„Meine Eltern? Sie kannten ihn kaum. Sie haben ihn nur ein paar Mal gesehen." Pela wiegelte mit einer Handbewegung ab. Mit einem Ruck stand sie auf. „Ich muss jetzt wieder arbeiten. Was kann ich Ihnen denn bringen?"

Jannis bestellte frische Kalamari und Elena ein Pastizio, einen griechischen Nudelauflauf. Dazu teilten sie sich eine Flasche Hauswein.

Als Pela verschwunden war, sagte Elena: „Ich denke nicht, dass sie etwas mit dem Mord an Michalis zu tun hat."

„Ich glaube es auch nicht." Ganz sicher war er sich jedoch nicht. Irgendetwas verwirrte ihn. Auf der einen Seite machte Pela den Eindruck eines jungen, etwas naiven Mädchens, doch manche Äußerungen hatten ihn stutzig werden lassen. War sie wirklich so harmlos? Oder konnte sie sich nur gut verstellen? Verbarg sie womöglich ein Geheimnis?

Jannis und Elena genossen ihr Arbeitsessen. Schnell merkten sie, dass sie die gleiche Vorliebe für die Natur verband. Beide mochten es, in den Bergen zu wandern oder lange Spaziergänge am Strand zu unternehmen. Das war auch der Grund, weshalb beide Kreta so vergötterten. Hier fand man einfach alles, was das Leben lebenswert macht. Man saß, wie jetzt, am Meer und hatte die gewaltigen Berge im Rücken. Bis ins späte Frühjahr hinein machten die *Lefka Ori*, die Weißen Berge, ihrem Namen alle Ehre. So lange waren sie fast jedes Jahr mit Schnee bedeckt und boten mit ihren fast fünfzig Gipfeln mit über 2000 Metern Höhe einen eindrucksvollen Anblick.

Elena war seit zwei Jahren geschieden und seitdem in keiner längeren Beziehung. Sie wurde Jannis immer sympathischer. Es war ein ungezwungenes und vergnügliches Abendessen, bei dem beide sich sehr wohl fühlten.

Nach dem Hauptgericht ging Elena zur Toilette. Sie traf auf einen älteren Mann, der aus der Küche kam. Er war etwas größer als sie und hatte eine schwarze Schürze umgebunden. Das ist bestimmt Pelas Vater, schoss es ihr durch den Kopf. „Herr Patros?" Elena nutzte die Gelegenheit und wollte ihm ein paar Fragen stellen.

„Ja, bitte?", fragte Herr Patros.

Elena zeigte ihre Polizeimarke. „Wie standen Sie zu Michalis Papadakis?", fragte sie direkt.

Herr Patros zuckte die Schultern. „Er war der Freund meiner Tochter. Ein millionenschwerer Immobilienmakler. Mehr kann ich nicht sagen." Sein unfreundlicher Ton ließ Elena aufhorchen.

„Wo waren Sie in der Mordnacht?", fragte sie deshalb. Herr Patros schaute sie erstaunt an. „Reine Routinefrage", wiegelte Elena ab.

„Ich war mit meiner Frau und Pela hier in der Taverne. Wir hatten gut zu tun und haben lange gearbeitet."

„Und als sie geschlossen haben?"

„Da sind wir zusammen nach Hause gegangen."

„Ich nehme an, Ihre Frau kann das bestätigen?"

„Natürlich."

Als Elena zurück zum Platz ging, kam Frau Patros aus der Küche und betrachtete ihren Ehemann wortlos. Sie hatte heimlich hinter der alten Holztür gestanden und das Gespräch mitangehört. Zusammen gingen sie kommentarlos zurück in die Küche.

Elena erzählte Jannis von dem kurzen Gespräch. „Was hältst du von ihm?", wollte er von ihr wissen.

„Ich finde ihn verbittert."

„Glaubst du ihm?"

„Das weiß ich noch nicht. Doch momentan gibt es keinen Grund, es nicht zu tun. Ich kann mir vorstellen, dass er von der Beziehung seiner Tochter zu einem reichen Playboy nicht besonders begeistert war."

Jannis nickte. „Das denke ich auch. Er ist bestimmt nicht traurig, dass sie nicht mehr zusammen sind."

Nachdem sie sich einige Loukoumades zum Nachtisch geteilt hatten, waren Jannis und Elena mehr als satt. Die kleinen Hefekugeln, die mit Honig übergossen wurden, hatten köstlich geschmeckt. Sie beschlossen aufzubrechen, und Jannis fuhr Elena nach Hause. Er öffnete ihr die Beifahrertür des kleinen roten Pandas. „Ein Mann der alten Schule", nahm Elena freudig zur Kenntnis. „Das gefällt mir."

Leicht verlegen verabschiedete sich Jannis. „Es war ein

sehr schöner Abend. Vielen Dank für deine nette Gesellschaft."

„Das können wir gerne wiederholen", sagte Elena und errötete leicht.

20

Seit Morgengrauen hatte er in den Büschen verharrt und auf eine günstige Gelegenheit gewartet. Mehrfach hatte er sein Ledersäckchen mit den Steinen überprüft. Kleine spitze Zweige stießen ihm ins Gesicht. Ein Blatt kitzelte ihn an der Nase, doch er beherrschte sich und unterdrückte den Drang zu niesen.

Nun sah er sein Opfer. Er duckte sich, um nicht gesehen zu werden.

Auf einmal bot sich ihm die perfekte Gelegenheit. Der Mann stand mit dem Rücken zu ihm. Das war seine Chance. Wieder ging alles ganz schnell. Er umfasste den Stein fest mit der rechten Hand, sprang von hinten heran, und bevor sein Opfer sich umdrehen konnte, hatte er es mit dem Stein auf den Kopf geschlagen.

Dieses Mal hatte er leicht seitlich getroffen, doch die Wucht reichte. Der Mann sackte augenblicklich in sich zusammen und fiel auf die Wiese. Tote Augen blickten starr in den blauen Himmel.

21

Früh am Morgen hatte Elena Jannis mit dem Dienstwagen abgeholt. „Sei mir nicht böse, aber es ist mir lieber, wenn ich fahre", sagte Elena und grinste. „Der ist etwas bequemer als dein Panda", fügte sie hinzu und musste sich ein Lachen verkneifen.

„Hast du etwas gegen meinen Flitzer?", witzelte Jannis, der sich inzwischen an seinen kleinen roten Panda gewöhnt hatte.

Dann wurden die beiden ernst. Sie fuhren zu ihrem Freund Panaiotis ins Krankenhaus nach Chania.

Elena und Jannis fühlten sich beide unwohl auf dem Weg zum Krankenzimmer des Kommissars.

Seit dem Tod seiner Frau empfand Jannis großes Unbehagen in einem Krankenhaus. Der Geruch von Desinfektionsmittel schlug ihm auf den Magen. Zu viele schlechte Nachrichten hatte er dort bekommen. Zuviel Zeit an der Seite seiner kranken Frau verbracht. Zu oft gehofft und doch verloren. Nein, er mochte diesen Ort nicht. Auch wenn ein Krankenhaus großartiges leistete und half, Menschenleben zu retten, schmerzte die Erinnerung zu sehr, die es in Jannis auslöste.

Elena klopfte zaghaft an die Tür, und sie traten ein. Jannis war bei Panaiotis Anblick sehr erschrocken. Dünn und schwach lag der Kommissar in seinem Kissen und bemühte sich um ein Lächeln.

Auch Elena war sehr betrübt, ihren Chef so zu sehen. Sie setzte sich auf die Bettkante. „Wie geht es dir, Panaiotis?"

Gequält grinste der und antwortete: „Super."

Elena knuffte ihn sanft in die Seite. „Jetzt hör auf. Was hat die Untersuchung ergeben?"

„Irgendetwas scheint zu eng zu sein. Sie wollen mich operieren." Panaiotis zog nachdenklich die Stirn in Falten.

Elena versuchte ihn aufzumuntern. „Das ist zwar blöd, aber danach wird es dir wieder besser gehen."

„Was muss denn gemacht werden?", fragte Jannis.

„Sie wollen mir zwei Bypässe legen."

„Und wann wirst du operiert?"

„Morgen schon." Nervös strich Panaiotis über seine weiße Bettdecke.

„Das ist doch super", sagte Elena optimistisch. „Dann hast du es schnell hinter dir und bist bald wieder fit. Danach kannst du dich wieder auf die schönen Dinge des Lebens konzentrieren."

Panaiotis winkte ab. Er wechselte das Thema. „Seid ihr weitergekommen? Habt ihr den Täter?" Er schaute von Elena zu Jannis.

„So schnell sind wir leider nicht", sagte Elena, lachte und hob abwehrend die Hände.

„Aber wir haben zumindest einen Verdacht", fügte Jannis hinzu. Panaiotis sollte sich nicht noch Sorgen um den Fall machen müssen.

„Ach ja? Erzählt." Panaiotis war neugierig.

Elena und Jannis erzählten von dem Gespräch mit dem Anwalt und dem Arzt und von der Befragung von Pela.

„Der Anwalt ist nicht nur unsympathisch, er macht sich auch immer verdächtiger", sagte Elena. „Gestern hatte er eine E-Mail geschickt mit der Bitte, ihm Michalis Laptop und Mobiltelefon auszuhändigen. Die Sachen werden aber zur Zeit noch von unserer Kriminaltechnik untersucht."

„Dann wisst ihr ja, was ihr zu tun habt", sagte Panaiotis leise. Das Gespräch hatte ihn angestrengt.

Elena und Jannis nickten sich zu. Sie wollten dem Anwalt einen Besuch in seiner Kanzlei abstatten.

Elena drückte ihren Chef herzlich zum Abschied. „Viel Glück morgen. Wir denken an dich."

„Komm schnell wieder auf die Beine", sagte Jannis und klopfte ihm freundschaftlich auf die Schulter.

Dann verließen sie das Zimmer.

22

Als sie vor dem Krankenhaus waren, sog Jannis erleichtert die frische Luft ein. Ein paar Mal atmete er tief ein und aus. Elena war Jannis Anspannung nicht entgangen. „Alles in Ordnung?", fragte sie mitfühlend, als plötzlich ihr Handy klingelte. „Das Präsidium“, seufzte Elena und nahm das Gespräch an.

„Ja bitte?“

„Jássou Elena, hier ist Aris.“

„Jássou Ari, was gibt es?“

„Ich habe hier gerade eine Vermisstenanzeige aufgenommen. Ich dachte, die könnte dich interessieren.“

„Wer wird vermisst?“

„Selma Anderson.“

Elena brauchte ein paar Sekunden. „Selma Anderson? Die Schwedin? Die, die die Leiche von Michalis gefunden hatte?“ Bei der Erwähnung von Selmas Namen schaute Jannis interessiert zu ihr hinüber. Sie stellte den Lautsprecher an.

„Wer hat sie als vermisst gemeldet? Eine ihrer Freundinnen?“, wollte Elena wissen.

„Nein, dieser Arzt, Alexandros Karagounis.“

„Wie kommt er darauf, dass sie verschwunden ist?“, fragte Elena.

„Er hat sie seit dem Freitagmorgen nicht mehr gesehen. Sie hat keinen seiner Anrufe angenommen.“

„Das heißt ja nichts. Vielleicht möchte sie den Kontakt nicht zu ihm“, warf Elena ein.

„Deshalb ist er gestern zu ihr ins Camp gefahren. Sie war nicht da, und ihre Freundinnen haben sie länger nicht gesehen.“

„Vielleicht sollten wir dort mal nachfragen?“, schlug Elena vor.

„Ich habe bereits zwei Kollegen auf den Weg geschickt“, sagte Aris eifrig.

„Das hast du gut gemacht. Melde dich bitte, wenn du etwas weißt.“

„Natürlich.“ Elena verstaute ihr Handy in ihrer großen Tasche.

Die beiden Ermittler schauten sich fragend an. Was hatte das zu bedeuten? Vorausgesetzt, Selma war wirklich verschwunden. Manchmal tauchten Menschen einfach nach ein paar Tagen wieder auf. Aber wenn nicht, was hieße das? „Ob ihr etwas passiert ist?“, fragte Elena nachdenklich. „Oder ob sie doch etwas mit dem Mord zu tun hat?“

„Es gäbe da noch eine Möglichkeit“, überlegte Jannis laut und strich sich gedankenvoll über das Kinn.

Nach kurzer Pause fuhr Jannis fort. „Was ist eigentlich mit dem Scheck passiert, den Selma abholen wollte. Hat man ihn gefunden? Hat sie ihn eingesteckt? Soweit ich weiß, muss es sich um eine höhere Summe handeln. Das ist für ein junges Mädchen sehr verlockend. Vielleicht hat sie ihn eingelöst und ist untergetaucht.“

„Das könnte sein. Wenn ich im Präsidium bin, frage ich bei der Bank nach“, stimmte Elena ihm zu. „Warten wir ab, was die Kollegen erzählen. Lass uns jetzt zur Kanzlei fahren und den Anwalt noch einmal befragen.“

23

In Philipos Galanis Anwaltskanzlei erklärte man ihnen, dass sich der Anwalt die nächsten Tage frei genommen hatte. Es handele sich um eine private Angelegenheit. Deshalb fuhren Elena und Jannis zu Philipos Haus in den Bergen.

Jannis schellte an der Türklingel. Keiner öffnete. Jannis schellte erneut. Dieses Mal etwas länger. „Komisch“, meinte Elena. „Sein Auto, der schwarze Jeep, steht in der Einfahrt.“ Jannis versuchte es erneut und klopfte kräftig gegen die Tür „Herr Galani!“, rief er laut. Doch nichts geschah.

Jannis und Elena lugten um das Haus. Elena schob neugierig ein paar Büsche zur Seite und schaute in den Garten. Sie wurde blass. „Jannis, da liegt jemand“, rief sie erschrocken.

So schnell sie konnten, verschafften sie sich Zutritt durch die Hecke und liefen zu der am Boden liegenden Person. Es war Philipos Galani. Auch wenn sie auf den ersten Blick sah, dass er tot war, kniete sich Elena neben ihn und prüfte seine

Vitalfunktionen. Sie schüttelte traurig den Kopf. Beim Anblick von Philipos toten Augen wurde ihr schwindelig. Mit einer langsamen Handbewegung schloss sie ihm die Augen. Elena rief das Präsidium an und setzte alles in Gang, was in so einem Fall benötigt wurde.

Jannis betrachtete den Anwalt niedergeschlagen. Damit hatte er nicht gerechnet. Seine Beine waren schwer, als er langsam um den Toten herumging. Eine kleine Blutlache hatte sich unter Philipos Kopf gebildet. Wie es aussah, war er von hinten erschlagen worden. Direkt neben seinem Kopf stand ein Steinmännchen. Fünf Steine aufeinander gestapelt. Jannis schnappte nach Luft.

Da sie die Presse noch nicht informiert hatten, konnte es sich nicht um einen Trittbrettfahrer handeln. Es schien die Visitenkarte desselben Mörders zu sein. Jannis zeigte Elena die Steine. Sie hatte sie in der Aufregung gar nicht wahrgenommen.

Vorsichtig, um keine Spuren zu verwischen, beugte sich Elena zu den Steinen herunter. „Es sieht so aus, als ob der unterste voll Blut ist", sagte sie zu Jannis. Elena hatte ihren ersten Schreck überwunden. Sie band sich ihren Pferdeschwanz neu und wischte sich ein paar Schweißtropfen von der Stirn.

Glücklicher Weise mussten sie nicht lange warten, bis die Polizei, die Spurensicherung und der Gerichtsmediziner eintrafen.

Der Gerichtsmediziner, Herr Grigorakis, war ein kleiner dicker Mann mit Brille. Er zog sich Handschuhe an und begann sofort mit seiner Arbeit. Die Polizeibeamten sperrten den Tatort mit einem orangefarbenen Flatterband ab. Die Spurensicherung machte sich ans Werk. Sie nummerierten die Hinweise und fotografierten den Tatort. Elena und Jannis hielten sich diskret zurück und ließen alle ihre Arbeit machen. Wut machte sich in ihnen breit, dass sie die Situation falsch eingeschätzt hatten. Für sie hatte Philipos Galani zu den Verdächtigen gezählt. Was haben sie übersehen? Warum hatten sie den Mord nicht verhindern können?

Nach ein paar Minuten kam der Gerichtsmediziner zu Elena. „Das Opfer ist männlich, circa fünfunddreißig Jahre alt."

Elena unterbrach ihn. „Wir kennen das Opfer. Philipos Galani, er ist der Hausbesitzer."

Grigorakis nickte und machte sich entsprechende Notizen. „Er wurde von hinten erschlagen. Wahrscheinlich war er auf der Stelle tot."

„Mit einem Stein?", fragte Elena.

„Das könnte passen", antwortete er. „Aber das muss erst die Obduktion klären."

„Können Sie uns sagen, wie lange er tot ist?", wollte Jannis wissen.

„Erst ein paar Stunden, aber auch hier müssen wir die Untersuchung abwarten, um ein genaues Ergebnis zu bekommen."

Jannis nickte verständnisvoll.

Der Gerichtsmediziner gab den Leichenbestattern ein Zeichen, woraufhin sie den Anwalt in einen Metallsarg legten und ihn in ihr Auto brachten. Eine traurige Szene, die Elena schaudern ließ.

Währenddessen hatte die Spurensicherung auch Fotos von dem Steintürmchen gemacht und jeden Stein einzeln in eine Tüte gepackt. „Einen Moment bitte", rief Jannis und schaute sich den untersten Stein genau durch die Folie an. Er wies deutliche Spuren von Blut auf.

Jannis bedankte sich bei der Spurensicherung und ging zu Elena. „Ich glaube, wir können hier nichts mehr tun", sagte er leise zu ihr und nahm sie am Arm. „Lass uns wo anders hinfahren."

Elena nickte dankbar.

24

Elena hatte Jannis zur *Villa Alpha* gebracht und ist dann nach Hause gefahren. Sie wollten sich ein wenig ausruhen und frisch machen. Danach hatten sie sich in der Taverne *Mylos* verabredet.

Jannis nutzte die Zeit und ging zum Strand. Er verbrannte sich fast die Füße in dem heißen Sand. Umso mehr genoss er das kühle Wasser. Die Wellen waren hoch und kräftig. Er tauchte durch sie hindurch, bis er sich völlig verausgabt hatte. Erschöpft ging er zu seinem Handtuch. Die Erfrischung hatte ihm gut getan. Gedankenversunken warf er kleine Steinchen in den Sand. Der Mord an Philipos war eine Entwicklung, die er nicht erwartet hatte. Jannis Gehirn arbeitete auf Hochtouren. Was hatten sie übersehen? Hatten sie es vielleicht mit einem Serienmörder zu tun?

Kräftiger Wind blies Jannis durchs Haar und er beobachtete den Schaum, den die Wellen vor sich herschoben. Seine Gedanken kehrten immer wieder zu dem toten Philipos zurück.

Nachdenklich verließ er den Strand und lief zum Appartement, duschte ausgiebig und zog sich frische Sachen an. Dann ging er hinüber zur Taverne. Elena war schon da und hatte einen netten Platz im hinteren Teil des *Mylos* gefunden. Eine große Weinrebe über ihren Köpfen spendete ihnen Schatten.

Sie bestellten eine Karaffe Wasser und jeder einen Griechischen Salat. In die Mitte stellten sie eine Portion Pommes, die sie sich teilten. „Alles in Ordnung?", fragte Jannis Elena besorgt.

„Ja, danke." Tatsächlich konnte man ihr den Stress der letzten Stunden nicht anmerken. Jannis fand, sie sah umwerfend aus. Die Dusche schien ihr gut getan zu haben. Sie hatte die noch feuchten Haare zu einem Dutt gebunden. Jannis nahm den Duft eines blumigen Duschgels wahr. Elena trug ein luftiges Sommerkleid, um das Jannis sie beneidete. Er hatte sich trotz der Hitze für eine lange Stoffhose und ein Hemd entschieden, das er bis zu den Ellenbogen aufgekrempelt hatte.

Doch Elena wirkte nicht nur äußerlich wieder erholt. Sie war ruhig und sortiert, als sie das Gespräch begann. „Die Spurensicherung hat sich bereits gemeldet. Es gibt natürlich noch keinen Abschlussbericht, das dauert noch ein paar Tage, aber sie haben eine Information für uns." Jannis war ganz Ohr. „Sie haben Fußabdrücke feststellen können, die nicht dem Anwalt gehörten. In den Büschen. Größe 44." Jannis war erstaunt. Hatte der Täter tatsächlich eine Spur hinterlassen? Wurde er unvorsichtig oder war ihm ein Fehler unterlaufen? „Fingerabdrücke?", fragte er deshalb hoffnungsvoll.

„Bis jetzt nicht. Sie haben auch Philipos Laptop und Handy mitgenommen und zur Kriminaltechnischen Untersuchung weitergegeben. Auch das wird etwas dauern, bis wir die Ergebnisse haben."

Jannis nickte. „Lass uns mal zusammenfassen: Da in der Presse nichts von den Steinmännchen zu lesen war, gehen wir vom selben Täter aus wie bei Michalis." Elena nickte zustimmend.

Jannis fuhr fort. „Es ist schon seltsam, dass von drei Freunden zwei jetzt tot sind."

„Also entweder ist der dritte Freund der Mörder", begann Elena und stockte plötzlich, „oder er ist in großer Gefahr", beendete Jannis den Satz.

Elena goss einen ordentlichen Schuss Olivenöl über ihren Salat und brach ein Stück Brot ab. „Auf jeden Fall ist unser Hauptverdächtiger tot, und wir müssen neu beginnen."

„Wir wissen nicht, was das Motiv des Mörders ist, aber irgendetwas muss die drei verbinden. Wir sollten ganz dringend mit dem Arzt reden."

„Weiß er schon vom Tod seines Freundes?", fragte Jannis.

„Ich denke nicht." Elena schüttelte den Kopf. Dabei löste sich eine kleine widerspenstige Haarsträhne und fiel ihr ins Gesicht.

„Dann sollten wir ihn sofort informieren. Gleichzeitig können wir ihn zu Selmas Verschwinden befragen."

Elena ließ sich vom Präsidium die Telefonnummer von Alexandros Karagounis geben und beantragte Personenschutz für den Arzt. Dann rief sie ihn an.

„Hallo Doktor Karagouni, hier ist Elena Dermitzaki von der Polizei in Chania. Ich würde Sie gerne kurz persönlich sprechen. Wäre das möglich?"

„Natürlich, ich bin zu Hause."

Elena ließ sich seine Adresse geben und Jannis und sie machten sich zügig auf den Weg.

25

Im äußersten Westen Kretas befindet sich das Naturschutzgebiet Falassarna, eine geschichtsträchtige Ausgrabungsstätte in atemberaubender Landschaft. Feiner, pinkschimmernder Sand und raue Klippen boten ein karibisch anmutendes Bild. Deshalb war der weitläufige Strand in den letzten Jahren zu einem beliebten Ausflugsziel geworden. Glücklicherweise waren hier keine großen Bettenburgen entstanden, es gab nur vereinzelt ein paar kleine Pensionen und Tavernen.

Um die Klippen herum befand sich ein beliebtes Schnorchelparadies. Viele unterschiedliche Fische konnte man hier zu Gesicht bekommen. Mit etwas Glück entdeckte man einen Tintenfisch, der sich in den Rissen und Spalten der Felsen versteckt hatte. Dort fand man auch stachelige Seeigel und Seesterne.

Im äußersten Westen Kretas war es immer ein wenig stürmischer und auch regnerischer als im restlichen Kreta. Dadurch gab es auch stärkere Wellen, die von Windsurfern sehr geschätzt wurden.

Doch für die Schönheit der Gegend hatte Vasilis keine Zeit. Aufgeregt wischte er sich den Schweiß von der Stirn. Er hatte seine grauen Locken mit einem Band lose zusammengebunden.

Wie jeden Tag wehte ein angenehmer Wind vom Meer zu ihm herüber, doch die Sonnte brannte heute erbarmungslos vom Himmel.

Vasilis gönnte sich keine Pause. Mit bloßen Händen grub er in dem harten Lehmboden. Fast zärtlich strich er eine Sandschicht nach der andern zu Seite.

Im Hintergrund konnte er sein Team arbeiten hören. Die gesamte Ausgrabungsstätte war mit schattenspendenden Zelten überdacht, doch die Temperatur stieg auf den höchsten Wert dieses Jahres.

Viele junge Leute tummelten sich auf dem Areal. Sie gruben vorsichtig im Boden und trugen Sand ab.

Stolz lächelte der Archäologe, als er ihnen zusah. Wie lange hatte er darauf gewartet, endlich anfangen zu dürfen. Seit er vor ein paar Monaten hier in Falassarna zufällig eine antike Münze gefunden hatte wusste er, dass er hier graben musste.

Ein Team hatte er schnell gefunden, doch die Genehmigung zur Ausgrabung zu erhalten war nicht leicht gewesen. Viel Papier, Geduld und Geld musste er einsetzen. Doch nun hatte er sie bekommen und hatte sofort losgelegt.

„Es wird sich bestimmt auszahlen“, da war Vasilis sich sicher. „Und nicht nur finanziell.“

Seine Finger stießen auf etwas Hartes. Vasilis Herz hüpfte aufgeregt. Er zog einen Pinsel aus seinem Werkzeuggürtel und legte eine große Keramikscherbe frei. Ein wunderschönes Stück. Mit wissenschaftlicher Genauigkeit machte Vasilis ein Foto und zog die Scherbe langsam aus dem Sand. Er nahm einen feineren Pinsel und befreite das antike Stück von Sandresten. Die letzten Körnchen pustete er vorsichtig weg. Dann betrachtete er die Scherbe eingehend. Vermutlich stammte sie von einer alten Amphore.

Vasilis lachte. Vor einiger Zeit noch hätte ein solcher Fund ihn umgehauen. Einen regelrechten Freudenjubel hätte er angestimmt. Doch nicht mehr heute. Heute war er auf der Suche nach etwas viel Wertvollerem.

Trotzdem vernachlässigte Vasilis diesen Fund nicht und notierte ihn ordnungsgemäß mit den Angaben zur Fundstelle in einem Katalog. Vorsichtig legte er die Scherbe in ein durchsichtiges Tütchen und übergab sie einem Mädchen zur Weiterverarbeitung.

Die junge Frau betrachtete die Keramikscherbe ehrfürchtig. „Du findest immer die schönsten Sachen“, schwärmte sie, und Vasilis lächelte stolz. Es gefiel ihm, dass sie ihn offensichtlich bewunderte.

Ohne Pause machte sich Vasilis wieder an die Arbeit. Unermüdlich grub er weiter in dem roten Sand. Er war auf dem richtigen Weg, da war er sicher. In Gedanken malte er sich bereits aus, wie die Leute ihn feierten und verehrten.

26

Inzwischen fuhren Elena und Jannis in die Berge. Hier wiesen diverse Straßenschilder Löcher von Gewehrschüssen auf. Es war ein weit verbreitetes Hobby unter den Kretern, insbesondere den Bergbewohnern, Waffen zu besitzen, mit denen sie zu Hochzeiten oder Namenstagen in die Luft feuern konnten. Straßenschilder galten dabei als ein einfaches Ziel, weshalb viele durchlöchert waren wie ein Schweizer Käse.

Links und rechts der Straße befanden sich riesige Olivenbaumplantagen. Jannis mochte die Bäume mit den knöchernen Stämmen. Mit Agda und Nike hatte er einmal den ältesten Olivenbaum der Welt besucht. Das altehrwürdige Gewächs stand im Westen Kretas, in Vouves, nahe dem Örtchen Kolimbari. Sein Alter wurde auf 3000 bis 5000 Jahre geschätzt. In seinem Schatten fühlte man sich mit der Natur sehr verbunden. Wenn man sich vorstellte, was dieser Baum schon alles erlebt hatte, fühlte man sich sehr klein als Mensch und wurde wieder einmal an seine Vergänglichkeit erinnert. Solche Orte übten auf Jannis eine starke Faszination aus. Auch Nike war sehr beeindruckt von dem Baum.

Die Ermittler hielten an. Vor ihnen befand sich ein großes Haus mit einem fantastischen Blick auf das alte Platanias und das Meer. Es war das Haus von Alexandros Karagounis. Auch hier standen riesige Blumenkübel mit Olivenbäumen im Eingangsbereich. Alles war sauber und sehr gepflegt. Als Jannis und Elena ausgestiegen waren, kam ihnen Alexandros bereits aufgeregt entgegen. „Haben Sie sie gefunden?"

Elena erschrak. Natürlich, der Arzt sprach von Selma. „Nein, wir kommen nicht wegen Selma. Es gibt noch nichts Neues von ihr, aber zwei Kollegen kümmern sich darum."

Der Arzt schaute sie leicht verwirrt an. „Weshalb sind Sie dann hier?"

Elena machte eine kleine Pause, bevor sie fortfuhr. „Leider haben wir keine guten Nachrichten. Können wir vielleicht hineingehen?"

Dem Arzt traten kleine Schweißperlen auf die Stirn. Er bat die Ermittler ins Wohnzimmer. Es war puristisch, aber geschmackvoll eingerichtet. Sie nahmen auf einer schwarzen Ledercouch Platz.

„Nun sagen Sie schon", bat der Arzt ungeduldig.

Jannis wollte Elena zu Hilfe kommen. Das Überbringen von Todesnachrichten gehörte zu den unangenehmen Aufgaben eines Polizisten. Doch Elena konnte gut mit Menschen umgehen und so fand sie auch hier die richtigen Worte.

„Es tut uns sehr leid, aber wir müssen Ihnen die Nachricht vom Tod Ihres Freundes Philipos Galani überbringen. Er ist heute Morgen verstorben." Elenas Stimme hatte einen angenehmen, ruhigen Ton.

Alexandros sprang auf. „Das kann doch gar nicht sein", rief er ungläubig.
„Was ist denn passiert?"

„Wir haben ihn eben tot in seinem Garten gefunden."

Langsam drang die Bedeutung von Elenas Worten zu

Alexandros durch. Er schnappte nach Luft und seine Augen wurden feucht.

Elena wusste, dass sie fortfahren musste. Sie musste Alexandros die ganze Wahrheit erzählen. „Er wurde ermordet", sagte sie leise und fürchtete seine Reaktion.

Alexandros wurde bleich. „Was? Wieso? Von wem?"

„Es könnte derselbe Täter sein wie bei Michalis", sagte Jannis.

„Du meine Güte." Alexandros zitterte. „Ich habe gestern noch lange mit Philipos telefoniert." Die Nachricht hatte ihn mitgenommen.

„Worum ging es in dem Telefonat?", fragte Elena. Jede Information konnte momentan wichtig sein.

„Wir hatten beschlossen, unsere Geschäfte auch ohne Michalis weiterzuführen. Philipos wollte sich um das Hotelprojekt kümmern und Kontakt mit den Investoren aufnehmen." Er ging zu dem großen Fenster, verschloss die Hände auf dem Rücken und starrte hinaus.

Elena und Jannis gaben ihm Zeit. „Meine beiden besten Freunde sind gestorben. In so kurzer Zeit." murmelte er. Dann drehte er sich ruckartig um. „Meinen Sie, Selma ist auch tot? Sie ist seit Freitagmorgen nicht mehr gesehen worden."

Elena versuchte ihn zu beruhigen. „Dafür haben wir überhaupt keine Anhaltspunkte."

„Doch, doch, sie war auch mit uns zusammen." Alexandros steigerte sich in die Idee hinein. Dann fiel ihm plötzlich etwas ein. „Wenn von uns drei Freunden zwei tot sind, dann bin ich wohl der nächste, oder? Oh mein Gott, man will mich umbringen." Panik stieg in ihm auf.

„Wir hatten ähnliche Gedanken", gab Elena zu. „Deshalb haben wir Polizeischutz für Sie angefordert. Er müsste in wenigen Minuten hier eintreffen. Er wird Sie die nächste Zeit rund um die Uhr bewachen. Tag und Nacht."

Alexandros nickte erleichtert und fuhr sich mit zittrigen Händen durch seine schwarzen kurzen Haare. Es fiel ihm sichtlich schwer sich zu beruhigen.

Jannis versuchte ihn abzulenken. „Können Sie sich ein Motiv vorstellen? Etwas, das sie Drei verbindet? Oder wovon nur sie Drei wussten? Waren Sie vielleicht gemeinsam in Geschäfte verwickelt, die, sagen wir mal, nicht ganz legal waren? Haben Sie sich dabei vielleicht mit den falschen Leuten angelegt?" Jannis beobachtete Alexandros genau. Sein Schock und seine Trauer waren glaubhaft. Für Jannis war er nicht der Mörder, er war in Gefahr.

Alexandros schüttelte den Kopf. „Es gibt viele Sachen, die wir Drei gemeinsam gemacht haben." Er unterdrückte ein Schluchzen. „Aber nichts rechtfertigt einen Mord", fügte er leise hinzu.

„Was ist mit Drogen?", fragte Elena.

Der Arzt verneinte vehement. „Nein, solche Geschäfte haben wir nicht gemacht. Es hatte immer nur mit Immobilien zu tun. Günstig kaufen, teuer verkaufen. Das konnte Michalis perfekt."

In dem Moment schellte es an der Tür. Es waren die zwei Polizisten, die mit der Überwachung begannen.

Jannis und Elena nutzten die Gelegenheit und verabschiedeten sich von Alexandros.

„Wenn Ihnen noch etwas einfällt, melden Sie sich bitte bei uns", bat Elena den Arzt und gab ihm ihre Visitenkarte.

„Finden Sie das Schwein, dass meine Freunde getötet hat", zischte Alexandros kraftlos.

27

Elena fuhr Jannis zurück zur *Villa Alpha*. „War das ein Tag", sagte sie erschöpft.

„Allerdings", stimmte Jannis ihr zu.

„Gehen wir noch zurück ins *Mylos*?"

„Lieber nicht. Es war ein langer Tag. Ich glaube es reicht für heute."

„Du hast Recht. Machen wir morgen weiter." Auch Elena sehnte sich nach etwas Ruhe und fuhr nach Hause.

Jannis stieg die Wendeltreppe hoch und entdeckte eine Tüte, die vor seiner Tür stand. Neugierig schaute er hinein und strahlte. Ein großes Päckchen, gehüllt in Alufolie, kam zum Vorschein. Jannis wusste gleich, was es enthielt. Er öffnete vorsichtig eine Ecke und köstlicher Geruch nach frischem Gebäck stieg ihm in die Nase. Selbst gebackener Marmorkuchen von Sofia. Der kam gerade recht nach so einem Tag. Schade, dass er Sofia verpasst hatte. Er hoffte, sie bald zu sehen, um sich zu bedanken.

Jannis schloss die Appartementtür auf. Als er seine kleine Wohnung betrat, bemerkte er sofort, dass er nicht allein war. Er sah sich um und entdeckte ihn. Ein großer beigefarbener Gecko saß in einer Ecke an der Decke und schaute ihn an. Jannis bewunderte die Tiere, die sich mit den Füßen an fast jedem Untergrund halten konnten.

Er konnte nicht verstehen, dass manche Menschen sich vor Geckos ekeln. Jannis ging auf ihn zu. Der Gecko legte den Kopf schräg. „Schon gut", lachte Jannis. „Du kannst dableiben. Aber nur, wenn du gute Arbeit leistest, hörst du?" Da Jannis nichts so sehr hasste wie juckende Mückenstiche, war ihm sein neuer Hausgast sehr willkommen.

Jannis öffnete die Tür zum Balkon und ließ frische Luft herein. Endlich hatte es abgekühlt. Er schnitt ein Stück Marmorkuchen ab. Herzhaft biss er hinein und ein paar Krümel fielen ihm in den Schoß. Köstlich. Jannis entdeckte eine neue Nachricht von seiner Tochter Nike auf seinem Handy. Er lachte. Mirabella hatte ihm ein Bild gemalt und an ihn geschickt. Es zeigte sie gemeinsam mit Mama und Jannis am Strand. Sie hatte einen großen Fisch gefangen, zumindest laut Nikes Beschreibung. Mirabella und sie fieberten schon dem Tag entgegen, an dem sie Jannis auf Kreta besuchen würden. Nur noch neunzehn Tage. Die kleine Mirabella fragte täglich nach und konnte es kaum noch erwarten. Auch Jannis freute sich schon sehr. Hoffentlich war der Fall Michalis bis dahin gelöst. Er wollte die Zeit mit seiner Familie genießen können.

Jannis aß die letzten Krümel des Marmorkuchens, schrieb eine kurze Nachricht zurück und lobte Mirabellas Zeichenkünste. Danach schaltete er das Handy aus. Seine Augen gewöhnten sich an die Dunkelheit. Er starrte in den dunklen Abend, und Millionen Sterne kamen zum Vorschein. Er hörte das Rauschen des Meeres. Sehen konnte er es nicht, es war so dunkel, dass es mit dem Himmel verschmolz. Aber das rhythmische Rauschen der Wellen ließ ihn zur Ruhe kommen.

Wie oft hatte er mit Agda zusammen am Strand gesessen und den kretischen Sternenhimmel betrachtet. Meist ohne viele Worte lagen sie gemeinsam auf einer Decke und haben in den Himmel geschaut. Jeder ging seinen Gedanken nach, und er fühlte sich glücklich mit ihr. Der Blick in das Weltall hatte sie immer verzaubert.

Die Gedanken an Agda schmerzten. Trotzdem war die Erinnerung an sie voller Dankbarkeit und Liebe. Nie würde er sie vergessen. Er war sehr glücklich für die wunderbare Zeit, die sie zusammen hatten. Jannis atmete tief ein und erhob sich. Mit feuchten Augen schaute er noch einmal zu den Sternen und flüsterte leise: „Gute Nacht Agda." Dann ging er schlafen.

28

Am Morgen trafen sich Jannis und Elena am Haupteingang des Krankenhauses von Chania. Elena lächelte ihn aufmunternd an. Gemeinsam gingen sie zu der Station, wo Panaiotis lag. Doch das Zimmer war leer. Ein dumpfer Schlag traf Jannis in den Magen. Aufgeregt sprach er die Schwester an, die gerade ein frisch bezogenes Bett in das Zimmer fuhr.

„Entschuldigung, können Sie mir sagen, wo Panaiotis Torosidis ist? Er lag hier in diesem Zimmer."

Die Schwester nickte. „Er ist gestern operiert worden und

liegt momentan auf der Intensivstation." Besorgt tauschten Jannis und Elena die Blicke. „Wie geht es ihm denn?", fragte Elena. Doch die Schwester schüttelte den Kopf. „Das darf ich Ihnen leider nicht sagen. Nur den nächsten Angehörigen." Jannis verstand und bedankte sich bei der Schwester.

Elena und Jannis fuhren mit dem Aufzug nach unten. Unschlüssig, was sie nun machen sollten, liefen sie langsam durch die Empfangshalle. Da sah Elena Frau Torosidis zur Tür herein kommen.

„Jássou Elefteria, wie geht es Panaiotis?" Elena schaute ängstlich in Elefterias rotgeweinte Augen. „Ich weiß es nicht. Die Operation verlief gestern zunächst sehr gut, doch dann kam es plötzlich zu einem Herzstillstand. Sie mussten ihn reanimieren." Elefteria brach ab. Jannis legte seine Hand tröstend auf ihre Schulter. „Aber er hat es geschafft?", fragte er vorsichtig. Panaiotis Frau nickte. „Ja, aber es geht ihm nicht gut." Sie schluchzte auf. „Und wir können nichts machen. Nur warten."

Jannis kannte diese Hilfslosigkeit nur zu gut und wusste, was Elefteria jetzt durchmachte. Elena nahm sie fest in den Arm. „Soll ich bei dir bleiben?" Doch Elefteria wehrte ab. „Vielen Dank, aber unser Sohn wartet auf der Intensivstation auf mich."

„Ruf uns bitte an, wenn es Neues gibt", bat Elena sie und wischte sich eine Träne aus den Augenwinkeln. Elefteria nickte und ging zu ihrem Mann.

29

Damit hatten Jannis und Elena nicht gerechnet. Draußen vor dem Krankenhaus setzten sie sich auf eine Bank. Ihnen fehlten die Worte. Der Schock saß tief und sie hatten Angst, ihren Freund zu verlieren.

Hektisch kramte Elena in ihrer großen Tasche und holte

eine halb volle Schachtel Zigaretten heraus. Mit zitternden Händen zündete sie sich eine an.

„Du rauchst?" Jannis war erstaunt und zog seine grauen Augenbrauen hoch. Das passte gar nicht zu ihr. Elena blies den weißen Rauch in die Luft. „Nein, eigentlich habe ich schon lange aufgehört. Aber meine letzte Schachtel habe ich immer noch dabei. Für Notfälle." Erneut zog sie an der Zigarette. Jannis verstand. Es war viel passiert – gestern der Mord und heute die Sorge um Panaiotis.

Nach dem zweiten Zug warf Elena die Zigarette auf den Boden und trat sie aus. „Schmeckt nicht", sagte sie fast wütend. Ob sie verärgert war über sich oder über die Zigarette, mochte Jannis nicht beurteilen. Er beobachtete schweigend, wie Elena die Kippe einsammelte und in einen Mülleimer warf.

Stille breitete sich aus. Verlegen schaute Jannis auf seine Schuhe und kickte mit einem Steinchen.

„Was machen wir jetzt, Janni?", fragte Elena ratlos.

„Wir arbeiten. Wir müssen den Fall lösen – für Panaiotis." Er versuchte so gut es ging sich zu konzentrieren. „Was ist mit Medea, der angeblich schwangeren Ex-Freundin? Wir sollten mit ihr sprechen." Er pausierte kurz. „Und was ist mit Selma, sollen wir die Schwedinnen befragen? Wir sind doch schon in Chania." Elena überlegte.

„Es wäre auch für uns wichtig, mit Selma zu sprechen. Sie könnte das Alibi von Alexandros Karagounis bestätigen", fuhr Jannis fort.

Elena nickte, dass ihr blonder Pferdeschwanz wippte. „Also los, fahren wir als erstes zum Camp."

30

Elena fuhr mit ihrem Dienstwagen voran und Jannis folgte ihr in seinem Panda. Nachdem sie von der Hauptstraße abgebogen waren, mussten sie über einen Schotterweg, bis sie zu dem abgesperrten Strandabschnitt vor Chania kamen.

Es war ein großer Zeltplatz, der ausschließlich für Mitglieder der Organisation zur Rettung der Meeresschildkröte reserviert war. Die meisten Unterkünfte waren einfache Einmannzelte, die unter schattenspendenden Zedern aufgestellt waren. Es gab auch einige wenige Gemeinschaftszelte und eine große Holzhütte. Dort schienen sich die sanitären Anlagen zu befinden. Viele hauptsächlich junge Leute liefen in kleinen Gruppen durch das Camp.

„Die meisten, die hier arbeiten, kommen nach dem Abitur. Sie gönnen sich eine Auszeit, bevor sie ihr Studium oder ihre Ausbildung beginnen", erklärte Elena Jannis. „Es ist für sie eine Mischung aus Party und Urlaub und hat nebenbei einen sozialen Aspekt."

Jannis war begeistert. Sollten sie doch ihr Leben genießen und feiern, bevor es ernst wurde. Wenn sie sich dabei noch für ein gemeinnütziges Projekt engagierten, umso besser.

Elena hatte die Anmeldung gefunden. Sie deutete auf eine offenstehende Holztür. „Ich denke, wir sollten hier mal nachfragen."

Gemeinsam betraten sie den Raum, doch es war niemand zu sehen. „Hallo?", rief Jannis. Als keine Antwort kam, verließen sie die Anmeldung. In dem Moment kam ihnen ein gutaussehender junger Mann entgegen. „Jássas!", begrüßte er sie. „Wollt ihr zu mir? Wollt ihr uns helfen?"

Elena schüttelte lachend den Kopf und strich sich die Haare aus der Stirn. „Nein, das überlassen wir lieber den jungen Leuten."

„Sie sind doch auch jung", schmeichelte der Mann Elena. Unbeeindruckt kramte Elena in ihrer Handtasche nach ihrem Polizeiausweis, den sie dem Campleiter vorhielt. „Wir sind von der Polizei und untersuchen das Verschwinden einer Ihrer Mitarbeiterinnen. Selma Anderson. Sagt Ihnen das etwas?"

„Natürlich. Ihre Freundinnen waren ziemlich aufgeregt,

als Selma nicht mehr da war. Sie machen sich große Sorgen um sie. Dabei glaube ich, dass sie einfach gegangen ist. Wahrscheinlich hatte sie keine Lust mehr auf das Camperleben."

„Hat Selma sich ein Zelt mit den anderen Mädchen geteilt?", fragte Jannis.

„Nein, sie hatte ein eigenes kleines Zelt."

„Können Sie es uns zeigen?", fragte Elena.

„Natürlich, es steht noch da, folgt mir." Der junge Mann schloss die Tür und lief mit Jannis und Elena durch das Camp. Nicht weit von der Anmeldung standen drei dunkelgrüne Zelte in einer Bucht, eingerahmt von schroffen Felsen. In der Mitte war ein Platz für Lagerfeuer. Elena war begeistert, wie schön es sich die Mädchen gemacht haben. „Welches ist Selmas Zelt?", wollte sie wissen.

Der junge Mann holte sein Handy aus der Hosentasche und checkte die Daten. Dann zeigte er auf das Zelt in der Mitte. „Das hier." Er lächelte Elena an.

„Wir würden uns dann gerne ein wenig umsehen", sagte Jannis, dem der gutaussehende Bursche eindeutig zu aufdringlich war.

„Ja klar", sagte der Campleiter. Doch er machte keine Anstalten zu gehen, sondern strahlte Elena weiter an.

„Mein Kollege meinte *allein*", erklärte Elena mit breitem Grinsen.

Der junge Mann hob entschuldigend die Hände. „Ach so! Ich bin schon weg. Ihr wisst ja, wo ihr mich findet." Er zwinkerte Elena zu und ging zurück zur Anmeldung.

Jannis schnaubte. „Ist was?", fragte Elena erstaunt. Der pensionierte Kommissar brummte nur und öffnete den Reißverschluss von Selmas Zelt. Abgestandene warme Luft schlug ihm entgegen. Er schaute hinein und war erstaunt über das Chaos. Mit den Füßen machte er sich ein wenig Platz. Das Zelt war groß genug, dass er in der Mitte aufrecht stehen konnte. Er blickte sich prüfend um.

„Es sieht so aus, als hätte es jemand durchwühlt", sagte er zu Elena, die gerade ihren Kopf hineinstreckte.

„Oder als wäre sie ein ganz normales junges, chaotisches Mädchen“, lachte Elena.

Gemeinsam untersuchten sie die Sachen. Wie sollten sie in diesem Chaos herausfinden, ob etwas fehlt.

„Was machen Sie da?“

Elena zog ihren Kopf aus dem Zelt und sah zwei junge Mädchen, die sie skeptisch anschauten. „Wir sind von der Polizei und suchen eure Freundin Selma“, erklärte sie.

„Wir suchen sie auch.“

„Seid ihr die Freundinnen Freja und Julia?“

Die beiden jungen Frauen bestätigten das: „Ich bin Julia und das ist Freja.“

„Kann es sein, dass eure Freundin etwas unordentlich ist?“

Freja und Julia lachten. „Oh ja! Das ist sie.“

„Könntet ihr mal einen Blick auf das Chaos werfen und schauen, ob etwas fehlt?“

Hilfsbereit kletterten sie in das Zelt, und Jannis machte ihnen Platz. Die Zeltstangen wackelten und er fürchtete, jeden Moment mit dem Zelt umzufallen. „Also, ihr Rucksack ist weg.“

„Und ihr Schlafsack auch.“

Die Mädchen verließen das Zelt wieder.

„Es scheint so, als sei Selma fortgegangen. Kann es sein, dass sie weggelaufen ist, ohne euch etwas zu sagen?“, fragte Elena.

„Nein, wir Drei waren immer zusammen“, antwortete Julia. „Selbst wenn eine zur Toilette ging, sagte sie den anderen Bescheid.“

„Bis auf den Abend auf der Yacht. Da ist sie ohne euch mit dem Arzt zum Strand gegangen“, überlegte Elena laut.

„Das stimmt. Aber sie hatte uns per SMS immer informiert, wo sie war. Wir sind zwar jung und lieben Partys, aber *safety first*.“

Elena freute sich über die Einstellung. Jungen und hübschen Mädchen konnte schnell etwas passieren. Gut, wenn man Freunde hatte und aufeinander aufpasste und zusammenhielt.

„Wann habt ihr Selma denn das Letzte Mal gesehen?"

Die Schwedinnen schauten sich an. „Also, ich habe Selma an dem Morgen gesehen, nachdem sie Michalis tot gefunden hatte. Und du?", fragte Freja Julia.

Die nickte zustimmend. „Ich auch. Ihr ging es verständlicher Weise sehr schlecht. Sie hatte sich in ihr Zelt zurückgezogen und wollte ihre Ruhe. Dann habe ich sie nicht mehr gesehen. Sie hat sich nur noch per SMS gemeldet. Wir haben immer mal nachgefragt, wie es ihr gehe und ob wir ihr etwas bringen könnten. Doch sie wollte keine von uns sehen."

Elena dachte nach. Eine SMS hätte sie von überall aus schreiben können.

„Wann war denn die letzte SMS?", fragte sie.

„Vorgestern. Da textete sie noch, dass es ihr morgen, also gestern, bestimmt besser gehen würde."

„Danach habt ihr nicht mehr geschrieben?"

„Doch, aber sie hat nicht mehr geantwortet."

„Würdet ihr es bitte noch einmal versuchen?", bat Elena die Freundinnen.

Eifrig tippten sie in ihr Handy. Doch es kam keine Antwort. Bei ihr meldete sich nur ihre Mailbox.

„Gebt mir doch bitte Selmas Handynummer", sagte Elena und notierte sie in ihr Notizbuch.

Während die Polizistin sich mit den Mädchen unterhielt, durchsuchte Jannis alle Sachen von Selma. Er schüttelte jedes Kleidungsstück und räumte alles auf eine Seite. Als er ein Buch hochhob, fiel ihm etwas entgegen. Selmas Ausweis.

IDENTITETSKORT Selma Anderson.

Jannis brachte den Ausweis nach draußen und zeigte ihn Elena. „Vielleicht war sie doch nicht freiwillig weggegangen? Den Ausweis hätte sie bestimmt nicht hier gelassen."

Elena wurde blass.

Freja fragte vorsichtig: „Aber die Sachen, der Schlafsack?"

„Vielleicht wollte jemand, dass es so aussah, als wäre sie fortgegangen", erklärte Jannis den Schwedinnen ohne Umschweife.

„Was ist denn nur mit ihr passiert?“, fragte Julia mit zitternder Stimme.

„Macht euch mal nicht zu viele Sorgen. Wir wissen ja noch gar nichts. Vielleicht hat sie sich einfach ein paar Tage zurückgezogen“, versuchte Elena die verängstigten Freundinnen zu beruhigen, doch sie konnte selbst nicht daran glauben.

„Wenn sie sich bei euch meldet, ruft mich bitte an“, bat sie und überreichte Freja ihre Visitenkarte. Sie hatte kein gutes Gefühl und auch Jannis wirkte sehr nachdenklich.

„Wisst ihr eigentlich, wo der Scheck von Michalis ist?“, fragte er die jungen Frauen.

Die druckten herum. Es war ihnen scheinbar unangenehm, ihre Freundin Selma in einem schlechten Licht dastehen zu lassen. „Nein, wir haben ihn nach dem Abend nie zu Gesicht bekommen“, sagte Julia schließlich.

Das hatte Jannis erwartet.

Nachdem sie das Zelt ordentlich geschlossen hatten, gingen die Ermittler zurück zu den Autos.

„Ich gebe eine Fahndung nach ihr heraus“, sagte Elena. „Wir lassen ihr Handy orten und ich frage endlich bei der Bank wegen des Schecks nach.“

Jannis war in Gedanken versunken. War Selma Opfer eines Gewaltverbrechens? Oder war sie eine Täterin? Hatte sie Spendengelder veruntreut? Oder war sie sogar für den Tod von Michalis verantwortlich? Doch wieso hatte sie ihren Ausweis hiergelassen?

Elena brach sein Schweigen. „Ich habe in zwei Stunden einen Termin mit dem Polizeipräsidenten. Er muss eine Pressekonferenz geben und Reporterfragen beantworten. Deshalb möchte er von mir auf den neusten Stand der Ermittlung gebracht werden. Lass uns doch danach treffen und besprechen, wie es weiter geht“, schlug sie ihm vor. Jannis war einverstanden, und sie trennten sich.

31

Was sollte er jetzt mit der freien Zeit anfangen? Da er bereits in der Nähe von Chania war, beschloss er, ein wenig die Stadt zu genießen.

Jannis war mitten in der Altstadt, nicht weit vom Hafen entfernt. Sein Ziel war die berühmte *Skridlof*, auch Lederstraße genannt. Das war eine schmale Gasse, wo es auf beiden Seiten von kleinen Geschäften nur so wimmelte. Alles was man aus Leder fertigen konnte, fand man hier. Armbänder, Gürtel, Rucksäcke, Taschen, Sandalen und sogar dicken Handschuhe – mitten im Sommer – konnte man hier in allen Farben und Formen kaufen. Allerdings wurde manches davon schon lange nicht mehr auf Kreta produziert, doch es gab noch einige Familien auf der Insel, die das Leder selber gerbten und traditionell verarbeiteten. Jannis mochte den typischen Geruch des Leders. Auch Goldwaren und anderen Schmuck konnte man hier finden.

Er drängte sich mit den Touristen durch die schmale Straße. In einem Geschäft entdeckte er ein schönes buntes Armband mit winzigen funkelnden Steinen, und er kaufte es für seine Enkelin. Da es pinkfarben war und glitzerte, würde es der kleinen Prinzessin gefallen, da war Jannis sich sicher.

Im nächsten Laden fand er ein interessantes Musikinstrument. Eine kleine Trommel aus Leder war an einem Holzstiel befestigt. Links und rechts waren Schnüre mit Holzperlen am Ende. Durch geschicktes Drehen der Trommel schlugen die Perlen auf das Leder und erzeugten einen schönen Klang. *Bettlertrommel* stand auf dem Warenschild. Jannis war begeistert und schaute sich weiter um. In der großen Kiste lagen noch eine Holzratsche, eine einfache Handrassel und einige undefinierbare kleine Instrumente. Jannis beschloss, mit Mirabella einmal in das Geschäft zu gehen und dann dürfte sie sich eines aussuchen. Vielleicht würde er damit ihr musikalisches Talent wecken. Jannis schmunzelte. Oder er würde seine Tochter an den Rand der Verzweiflung bringen. Er konnte sich gut daran erinnern, wie es war, als Nike mit vier Jahren zu Weihnachten eine Trommel bekommen hatte. Agda und er waren verzweifelt. Nike hatte mit einer solchen Leidenschaft diese Trommel bearbeitet, dass sie es nicht über das Herz gebracht hatten, sie ihr wegzunehmen. Glücklicherweise legen sich manche Interessen bei Kindern in dem Alter genau so schnell wie sie gekommen waren. Von einem Tag auf den anderen blieb die Trommel still, und es kehrte Ruhe ein. Jannis fand, seine Tochter dürfte ruhig die gleichen Qualen erleiden wie Agda und er damals.

Im nächsten Geschäft gab es Portemonnaies, jede Form und jede Farbe, die man sich nur vorstellen konnte. Nach langem Suchen entschied Jannis sich für eine kleine Geldbörse aus türkisgefärbtem Leder für Nike.

Langsam schlenderte er zurück. Er sah das kleine Museum auf der anderen Straßenseite, das Archäologische Museum von Chania. Jannis konnte sich nicht daran erinnern, wie oft er hier schon vorbeigegangen war, doch nie hatte er sich die Zeit genommen, es zu besuchen. Spontan ging er hinein. Er zahlte den geringen Eintritt und sah sich um. Allein das Gebäude war den Besuch wert. Das Museum befand sich in dem ehemaligen venezianischen Kloster des Heiligen Franziskus. Einer der Pfeiler der Basilika trug ein Datum: 1606! Wenn diese Steine reden könnten, dachte Jannis ehrfürchtig. Er war fast allein in der Ausstellung und konnte in Ruhe die alten Fundstücke betrachten. Münzen, Schmuck, Werkzeuge, Amphoren. Bemerkenswerte Funde aus allen Epochen.

Wie immer faszinierte ihn die Antike. Was die Menschen vor tausenden von Jahren schon alles gebaut haben. Und welch filigranen Schmuck sie herstellen konnten.

Er schaute sich einen der wichtigsten Funde der minoischen Zeit genauer an: *das Siegel des Herrschers (Hegemon).* Es handelt sich um ein Tonsiegel, das eine minoische Landschaft darstellt: Den Castelli-Hügel von Chania mit einigen Gebäuden und auf dem Dach eine männliche Figur, die einen

Speer oder eine Stange in der Hand hielt. Kretas minoische Kultur gilt als erste Hochkultur Europas. Sie hatte ihre Blütezeit zwischen 3000 und 1200 vor Christus.

Jannis war beeindruckt und schaute sich noch andere interessante Fundstücke an.

Nach dem Museum ging er hinunter zum Hafen. Auf der rechten Seite lag eine griechisch-orthodoxe Kirche. Bei der dreischiffigen Basilika aus dem Jahr 1860 handelte es sich um die Hauptkirche Chanias. Die Einheimischen nannten sie *Kathedrale Trimartyri*. Die Kirche der drei Märtyrer. Unwillkürlich musste Jannis an die drei Freunde denken. Zwei von ihnen bereits tot. Was war mit dem dritten? War er der Mörder? Oder war er in Gefahr?

Vor der Kirche befand sich ein großer Platz, der zum Verweilen einlud. Der *Platia Athinagora*. Dort kaufte Jannis sich an einem Kiosk ein buntes Wasser-Eis und setzte sich im Schatten einer großen Palme auf eine Bank. Die Sonne war sehr stark, und kleine Schweißperlen bildeten sich auf seiner Stirn. Die Abkühlung kam ihm sehr gelegen und er genoss das frische Eis.

Zwei Tote und wahrscheinlich derselbe Mörder, Jannis ging weiter seinen Gedanken nach. Wenn der Arzt als Täter nicht in Frage kam, wer dann? War es möglich, dass es doch eine Mörderin gab? Er musste das unbedingt den Gerichtsmediziner fragen. Nachdenklich strich Jannis sich über seine Haare.

Wer kam als Mörder von Michalis in Frage? Eine Schwedin? Was war mit der angeblich schwangeren Ex-Freundin Medea? „Oder doch Pela?“, entfuhr es ihm plötzlich. Irgendetwas stimmte da nicht. Jannis warf das Eisstäbchen in den überfüllten Mülleimer und machte sich auf den Weg zu seinem Auto.

32

Der Arzt Alexandros kam nach seinem Dienst aus dem Krankenhaus. Zuerst hatte er sich für den heutigen Tag krankmelden wollen, doch er war sich sicher, dass ihn die Arbeit ablenken würde.

Er ging quer über den Parkplatz, als er hinter sich plötzlich ein Geräusch hörte. Alexandros drehte sich erschrocken um, und seine Pupillen waren vor Angst geweitet. Sein Herz klopfte und er lief schneller. Immer wieder schaute er sich um.

Wo ist denn der Personenschutz, wunderte er sich. Da war es wieder, das Geräusch von Schritten auf dem Schotter. Sofort drehte Alexandros sich wieder um. Doch er konnte niemanden sehen. Sein Atem ging schneller. Fast panisch rannte er zu seinem Auto und riss die Tür auf. Ängstlich blickte er sich erneut um. Kein Mensch war zu hören, keiner zu sehen. Auch der von der Polizei für ihn bestellte Personenschutz war nicht da. Er stieg ins Auto, schloss die Tür und verriegelte es von innen. Alexandros steckte mit zitternden Händen den Schlüssel in das Zündschloss und holte tief Luft. Weit und breit war niemand zu sehen. Hatte er sich das nur eingebildet? Auf jeden Fall würde er sofort bei der Polizei anrufen und fragen, wo der Personenschutz war.

33

Jannis und Elena hatten sich für den späten Nachmittag in der Taverne *Portocali* in Castelli verabredet. Jannis war etwas früher da und setzte sich unter einen blauweißgestreiften Sonnenschirm. Neben ihm stand ein großer Strauch mit pinkfarbenen Hibiskusblüten, die summenden Besuch von fleißigen Bienen bekamen. Seine Aufmerksamkeit wurde auf den Nachbarstisch gelenkt. Dort saßen junge Männer, die sich fröhlich unterhielten und laut lachten. Die waren beim letzten Mal auch hier, erinnerte sich Jannis.

In diesem Moment kam Elena. Sie hatte sich umgezogen und sah in ihrem luftigen Sommerkleid hinreißend aus. Jannis lächelte. Er stand auf, begrüßte sie und schob ihr den Stuhl zurecht. „Danke“, sagte die Polizistin. „Ich wusste gar nicht, dass in dir ein Gentleman steckt“, neckte sie ihn.

Jannis grinste. „Dann haben wir ja heute beide etwas Neues über uns gelernt.“

„Wenn du damit die Zigaretten meinst“, begann Elena und lachte, „die sind im Müll gelandet.“

„Sehr gut!“, freute sich Jannis.

Während sie bei dem Kellner eine große Karaffe Wasser und ein hausgemachtes Moussaka bestellten, lachten am Nebentisch die Männer laut auf.

„Das sind Vasilis und sein Team“, erklärte der nette Kellner. Jannis schaute ihn fragend an.

„Vasilis Koloniakis, der bekannte Archäologe. Er und sein Team graben in Falassarna.“ Etwas leiser fügte er hinzu: „Sie haben schon ein paar Münzen gefunden.“ Jannis war begeistert: „Das muss fantastisch sein, so etwas Altes, Wertvolles zu finden.“

Der Kellner rief zu dem Tisch hinüber. „Hey, Vasilis, komm‘ mal kurz rüber, ich möchte dir jemanden vorstellen.“

Der große, schlanke Mann mit den langen, grauen Locken erhob sich und schlenderte herüber zu ihnen. Er mochte um die fünfzig Jahre alt sein und war sonnengebräunt. Sein beigefarbenes Hemd hatte er weit aufgeknöpft, um den Hals trug er eine goldene Kette mit Anhänger. Als Vasilis Elena sah, strahlte er über das ganze Gesicht.

„Ich bin Vasilis“, stellte er sich vor und reichte ihr die Hand. Elena errötete leicht. „Sehr erfreut, mein Name ist Elena. Und das ist Jannis“ fügte sie schnell hinzu. Während Vasilis von den Ausgrabungen im Westen Kretas berichtete, drehte er geschickt eine kleine Münze zwischen seinen Fingern. Er sei da etwas ganz Großem auf der Spur, das die Welt beeindrucken würde. Vasilis schien sehr von sich und seiner Arbeit überzeugt zu sein. „Aber wir sind noch am Anfang. Wir haben gerade erst begonnen", sagte er, verabschiedete sich und ging zurück zu seinem Tisch.

Jannis wandte sich wieder Elena zu. „Da bin ich sehr gespannt, was sie alles finden werden." Er wechselte das Thema. „Hast du etwas von Selma gehört?" Elena verneinte.

„Die Sitzung mit dem Polizeipräsidenten dauerte länger als geplant. Du kannst dir vorstellen, dass er von dem zweiten Mord nicht begeistert war. Und erst recht, da wir noch keine Ergebnisse haben. Gleich muss er eine Pressekonferenz geben und hat sehr schlechte Laune."

„Das tut mir leid", sagte Jannis.

„Egal." Elena zuckte mit den Schultern. Nachdenklich stocherte sie mit der Gabel in ihrem Moussaka. „Komm doch morgen auf das Revier. Der Bericht der Gerichtsmedizin zu Philipos müsste dann vorliegen", sagte sie.

Jannis nickte zustimmend. „Meinst du, der Gerichtsmediziner hätte kurz Zeit für uns?" Er hatte einige Fragen, war sich aber darüber im Klaren, dass er nicht offiziell an dem Fall arbeitete.

„Das werde ich organisieren", versprach Elena. „Übrigens, kurz bevor ich losgefahren bin, hat mich Elefteria angerufen."

Jannis schaute Elena interessiert an. „Und?"

„Keine guten aber auch keine schlechten Nachrichten." Elenas Stimme zitterte leicht. „Panaiotis ist noch nicht außer Gefahr, aber sein Zustand ist weiterhin stabil. Die kommende Nacht ist wohl entscheidend." Nieder-geschlagen blickte Elena auf ihren Auberginenauflauf. Jannis griff nach ihrer Hand. „Wir sind in Gedanken bei ihm. Wir geben ihm all unsere Kraft. Aufgegeben hat Panaiotis noch nie. Er wird es bestimmt schaffen." Jannis hoffte es von ganzem Herzen.

Eine schwarze Katze strich um seine Beine und miaute. „Geh lieber zu Elena. Die kommt sogar zu dienstlichen Terminen zu spät, wenn ihr einer von euch über den Weg läuft", witzelte Jannis, dankbar das Thema wechseln zu können.

Elena lächelte und streichelte der kleinen Katze zärtlich über den Kopf.

„Das Essen war köstlich“, sagte sie zu Jannis und zwinkerte ihm zu. „Wir sollten der Küche einen Besuch abstatten.“ Er verstand den Wink und schob den Stuhl nach hinten. Erschrocken sprang die Katze zur Seite und verschwand unter einem Busch. Gemeinsam gingen Jannis und Elena in die Küche des *Portocalis*. Sie wollten noch einmal mit Pela sprechen.

Vor dem Eingang hörten sie laute Stimmen. Es war eindeutig ein heftiger Streit. Herr und Frau Patros schrien sich an. Die Ermittler blieben stehen und lauschten.

„Dieser arrogante Schnösel hat uns das Leben zur Hölle gemacht.“ Herr Patros war außer sich vor Wut. „Beruhige dich doch“, rief Frau Patros hilflos. Doch sie konnte ihren Mann nicht besänftigen. Er wetterte weiter: „Das geschieht ihm recht, dass man ihn umgebracht hat.“ Daraufhin hörten sie eine Tür knallen, und es war still. Jannis und Elena wechselten einen Blick. „Meinte er Michalis?“, flüsterte Elena verblüfft.

In dem Moment kam Pela heraus. „Suchen Sie mich?“, fragte sie erstaunt.

„Ja, wir wollten noch einmal mit Ihnen sprechen.“ Jannis deutete zur Tür. „Wir haben gerade den Streit Ihrer Eltern mitbekommen. Es ging um Michalis, oder?“ Pela sagte nichts, starrte stur geradeaus. Elena versuchte es offizieller: „Wir können Ihre Eltern auch auf das Präsidium vorladen und sie dort befragen. Ist Ihnen das lieber?“

„Nein, nein!“, sagte Pela schnell. „Meine Eltern haben schon genug Probleme.“ Elena schaute Pela aufmunternd an, die nickte und sagte: „Sie haben Recht. Es ging um Michalis.“

„Was haben Ihre Eltern mit ihm zu tun?“, wollte Jannis wissen. Pela zuckte gleichgültig mit den Schultern. „Sie finden es ja eh heraus. Unsere Taverne steckte in finanziellen Schwierigkeiten. Michalis hatte ihnen geholfen. Jedenfalls dachten wir das.“

„Wie?", fragte Elena.

„Er hat das *Portocali* gekauft. Zunächst hatten wir geglaubt, er würde meinen Eltern die Miete erlassen, damit sie sich finanziell erholen konnten. Doch stattdessen hat er die Miete noch erhöht. *Vlákas!*" Pela war sehr aufgebracht. „Jetzt müssen meine Eltern noch mehr arbeiten, um die Taverne nicht zu verlieren."

Jannis und Elena schauten sich an. Das waren interessante Neuigkeiten. Sie konnten kaum glauben, was Pela ihnen erzählte. Das war tatsächlich unverschämt von Michalis. Konnte das ein Mordmotiv sein?

„Wären Sie so nett und würden Ihre Eltern einmal herbitten", forderte Elena Pela auf. Die junge Frau ging in die Küche und holte ihre Eltern.

„Danke, dass Sie sich die Zeit nehmen", begann Elena und wandte sich dann an Pelas Vater. „Herr Patros, wieso haben Sie uns nicht gesagt, dass Michalis Ihre Taverne gekauft hat?", fragte sie geradeheraus.

Herr Patros zuckte mit den Schultern. „Ich wusste nicht, dass es Sie interessiert."

„Doch das tut es. Vor allem, nachdem Michalis Ihnen die Miete erhöht hat. Kein feiner Zug von ihm."

Jannis beobachtete die Reaktion von Patros genau. Sein Blick wirkte eisig. „Das ist mein Problem", sagte er, „nicht Ihres."

„Das ist richtig. Aber es ist auch ein erstklassiges Mordmotiv." Frau Patros zuckte zusammen. Nervös zupfte sie an den Ärmeln ihrer weißen Bluse. „Wir sind doch keine Mörder", sagte sie entrüstet und strich sich ihre braunen Locken aus dem Gesicht.

Elena nickte. „Sie wahrscheinlich nicht. Aber vielleicht Ihr Mann?"

Patros baute sich auf. „Sie beschuldigen mich, dieses Schwein umgebracht zu haben?" Er atmete tief durch und versuchte sich zu beherrschen. Sein Gesicht lief vor Aufregung rot an. „Ja, es gab Momente, da habe ich ihm die Pest an den

Hals gewünscht", gab er zu. „Aber wegen so einem *maláka*, so einem ungezogenen Bengel, mache ich mir doch die Hände nicht schmutzig." Herr Patros wirkte erschüttert.

Jannis war sich nicht sicher. Entweder war Patros ein guter Schauspieler oder er hatte Michalis nicht umgebracht. „Außerdem habe ich ein Alibi", sagte er etwas ruhiger.

„Ja, allerdings nur von Ihrer Frau. Innerhalb der Familie ist ein Alibi nicht viel wert. Kann das jemand bezeugen?"

„Nein, es war ja sonst keiner da", gab Herr Patros zu.

„Ich lüge doch nicht", rief Frau Patros entrüstet dazwischen.

Elena hob beschwichtigend die Hände. „Das war auch schon alles. Vielen Dank, schönen Abend noch", sagte Elena und verabschiedete sich.

Auf dem Weg zum Auto sagte Elena zu Jannis: „Das sind interessante Neuigkeiten."

„Was Michalis mit der Familie Patros gemacht hat, war sehr unfair. Das ist mehr als ein gutes Tatmotiv", überlegte Jannis.

„Ja", fand auch Elena. „Aber was ist mit dem Mord an Philipos?"

„Vielleicht hatte er etwas beobachtet und musste deshalb sterben?"

„Das könnte sein. Doch was ist mit den Steinmännchen?", hakte Elena nach. Darauf wusste Jannis auch keine Antwort. „Wir können uns nur sicher sein, dass der Mörder damit eine Botschaft hinterlassen hat. Aber welche?"

Auf dem Parkplatz wurden sie wieder von der kleinen schwarzen Katze begrüßt. Elena kniete sich zu ihr und streichelte sie erneut.

„Die Reaktion fand ich schon sehr aufschlussreich", meinte Jannis. „Patros scheint ein ehrlicher, bodenständiger Mensch zu sein, der hart arbeitet. Ja, mit Sicherheit ein wenig zu impulsiv, aber genau deshalb halte ich ihn nicht für den Mörder." Elena blickte Jannis neugierig an. Der kratzte sich am Kinn und fuhr fort: „Der Mord passt nicht zu ihm. Wenn er Michalis getötet hätte, dann hätte er ihn aus dem Affekt heraus erschlagen. Ohne nachzudenken. Ohne zu planen."

„Stimmt!", pflichtete Elena ihm bei.

Nach einer kurzen Pause fiel ihr etwas Wichtiges ein. „Ich habe übrigens von der Spurensicherung Michalis Handy bekommen. Sie konnten die Daten auslesen. Viel konnte ich noch nicht herausfinden, aber die Kontaktdaten von Medea habe ich."

„Das sagst du erst jetzt? Wer ist sie denn?", fragte Jannis interessiert.

„Medea Karafoulidou, 24 Jahre jung. Sie arbeitet in einem Hotel in Kalyves, ungefähr eine halbe Stunde hinter Chania."

Jannis kannte das kleine Städtchen und die schönen Sandstrände. „Dann sollten wir ihr doch mal einen Besuch abstatten", schlug Jannis vor.

Elena nickte zustimmend und schaute in ihren Kalender. „Soll ich dich morgen gegen zehn Uhr abholen?"

„Das passt", lachte Jannis, der im Urlaub normalerweise nicht viele Termine hatte.

34

Am nächsten Morgen stand Jannis sehr früh auf. Er hatte die Nacht schlecht geträumt und war immer wieder wach geworden. Zu viele Gedanken wirbelten durch seinen Kopf und ließen ihn nicht zur Ruhe kommen. Das war untypisch für ihn. Normalerweise konnte er sich auf seinen klaren Verstand verlassen und war in jeder Situation in der Lage, logisch zu denken. Risiken abzuwägen, Zusammenhänge zu erfassen und Lösungen zu finden. Das war seine Welt. Da ihm das heute scheinbar nicht gelang, hatte er kurz vor sechs Uhr beschlossen, die Nacht zu beenden.

Er hatte sich einen Kaffee gemacht und saß nun in einen gemütlichen Pullover gehüllt auf dem Balkon. Er genoss die

Stille und wurde mit einem wunderschönen Sonnenaufgang belohnt. Langsam färbte sich der Himmel hinter Platanias gelbrosa.

Doch auch jetzt kamen Jannis Gedanken nicht zur Ruhe. Hätte er Philipos Tod verhindern können? Wer hat ihn und Michalis umgebracht? Wer war vielleicht noch in Gefahr? Was wollte der Mörder mit den Steinmännchen sagen? Immer die gleichen Fragen und keine Antworten.

Jannis zog kräftig die noch kühle Luft in seine Lungen und trank einen Schluck Kaffee. Er versuchte sich abzulenken. Da entdeckte er Nikos, den Besitzer der *Villa Alpha*, der die frühe Morgenstunde nutzte, um den Rasen und die Palmen zu wässern. „Jássou, Niko", rief er von dem Balkon. Nikos blickte zu ihm hoch und winkte freudig. Es war schön zu sehen, mit wieviel Liebe Nikos sein Anwesen pflegte.

Jannis schaute zum Meer und zur Insel Agii Theodori. Langsam erwachte der Tag, die Temperatur stieg und die Zikaden begannen ihren Gesang. Eigentlich war es kein Singen, sondern ein durchdringendes, manchmal ohrenbetäubendes Geräusch, das die kleinen Tiere mit ihren Flügeln erzeugten.

Inzwischen war die Sonne bereits aufgegangen und Jannis ging hinein. Er duschte ausgiebig, zog sich an und ging die Wendeltreppe hinunter. Auf der kleinen Mauer vor der *Villa Alpha* wartete er auf Elena, um mit ihr nach Kalyves zu fahren.

35

Elena hatte Jannis pünktlich an der *Villa Alpha* abgeholt, und sie fuhren an der Küste entlang nach Kalyves. Beide genossen die Landschaft auf der fast einstündigen Fahrt. Die Gegend war sehr abwechslungsreich: Mal führte die Straße durch felsiges Gelände, mal direkt am Meer, an der Küste entlang.

„Ich habe übrigens noch mehr Daten aus Michalis Handy bekommen", sagte Elena und stellte das Radio leiser.

Jannis schaute aufmerksam zu ihr hinüber. Elenas blonde Haare wehten im Fahrtwind.

„Er hatte sehr oft Nachrichten an Pela geschrieben. Anscheinend hatte er sie wirklich gern gehabt. Unzählige Male bat er sie um ein Treffen, um alles zu klären."

Jannis strich sich nachdenklich über das Kinn. „Weißt du, was ich nicht verstehe?", fragte er und fuhr direkt fort, ohne eine Antwort abzuwarten. „Wieso hatte sich Michalis beim Kauf der Taverne von Pelas Eltern so unfair verhalten? Er hätte sich doch denken können, dass Pela dadurch erst recht nicht zu ihm zurückkäme."

„Das habe ich mich auch gefragt. Doch wie Pela so schön andeutete: *beim Geschäftlichen hörte die Freundschaft auf*."

„Oder hatte Pela etwas getan, weshalb sich Michalis an ihr rächen wollte? Doch was könnte das sein?", grübelte Jannis weiter.

Mit Schwung bog Elena auf den Parkplatz vor dem Hotel *Zorbas* ein.

Kalyves ist ein malerisches Fischerdorf. Es wurde wie ein Amphitheater zwischen zwei Hügeln gebaut. Der Fluss Xydas durchquert das Örtchen. Im 16. Jahrhundert wurde Kalyves von dem Piraten Barbarossa zerstört. Heute ist es touristisch und viele Hotels bestimmen das Ortsbild.

Das *Zorbas* lag nahe beim Strand. „Von den Zimmern aus hat man bestimmt einen traumhaften Blick", fand Elena.

„Weißt du eigentlich, wem das Hotel gehört?", fragte sie Jannis mit amüsiertem Augenzwinkern, als sie die Autotür zuwarf.

„Echt jetzt?" Jannis staunte. „Michalis?"

Elena lachte zustimmend.

„Warum wundert mich das jetzt nicht", sagte Jannis grinsend. „Wer erbt das eigentlich alles?"

„Das Testament ist noch nicht eröffnet", erklärte ihm Elena.

Zwei große Palmen säumten den Eingang zum Hotel. Sie betraten das Foyer, wiesen sich am Empfang als Polizeibeamte aus und fragten nach Medea. Ein freundlicher Hotelangestellter brachte sie in den ersten Stock, zu einem Zimmer, in dem Medea gerade sauber machte.

Elena klopfte an die offene Zimmertür und trat ein. „Hallo. Ich bin Elena Dermitzaki von der Polizei. Sind Sie Medea Karafouldiou?“

Eine junge Frau in einer schwarzen Uniform mit weißer frisch gestärkter Schürze drehte sich zu ihnen um. Sie hatte gerade das Bett frisch bezogen und strich die Tagesdecke glatt. „Das bin ich“, sagte sie sichtlich genervt.

„Wir untersuchen den Mord an Michalis Papadakis. Sie kennen ihn?“, fragte Jannis und betrachtete die junge Frau. Ihr dicker Babybauch fiel ihm sofort ins Auge.

„Geht so.“

Jannis war erstaunt über die Antwort. „Gut genug, um von ihm schwanger zu werden?“, rutschte es ihm heraus.

Medea zuckte mit den Schultern. Gesprächig schien sie nicht zu sein.

„Wir wissen, dass Sie mit ihm befreundet waren und vermutlich sein Kind erwarten“, erklärte Elena ihr betont freundlich.

„Dann wissen Sie ja alles“, gab Medea zurück.

Jannis und Elena tauschten einen Blick.

„Ihnen scheint sein Tod nicht sonderlich nahe zu gehen“, stellte Jannis erstaunt fest.

„Michalis war ein Schwein.“

„Aber Sie waren doch befreundet“, versuchte Elena es erneut.

„Ja, und das hab‘ ich nun davon“, sagte Medea und zeigte angewidert auf ihren dicken Bauch. Elena schätzte, dass sie sich mindestens im siebten Monat befand.

„Es ist von Michalis?!“ Elenas Frage war eher eine Feststellung als eine Frage.

„Natürlich!“, erwiderte Medea entrüstet. „Oder glauben Sie, ich springe mit jedem in die Kiste?“

Das ließ Elena lieber unkommentiert. Die junge Frau

zeigte sich nicht gerade von ihrer besten Seite. Gefühle, wie beispielsweise bei Pela, konnte Elena hier nicht entdecken.

„Warum haben Sie Pela Patros aufgelauert?", fragte Jannis unvermittelt.

„Wem?"

„Sie wissen genau wer das ist. Michalis Freundin."

„Ex-Freundin meinen Sie wohl." Zum ersten Mal lachte Medea. „Ich wollte ihr von dem Balg erzählen, damit sie sich keine falschen Hoffnungen auf Michalis machte. Ich erwarte ein Kind von ihm, da brauche ich nicht noch ein verliebtes, naives Mädchen, das sich an ihn klammert."

„Hätte man das nicht in Ruhe besprechen können? Mussten Sie sie schubsen? Das ist Körperverletzung", teilte Elena ihr mit.

„Hat sie mich angezeigt?", fragte Medea erstaunt.

„Nein!" Elena schüttelte den Kopf.

„Sie hatte einfach nicht hören wollen." Medea wischte mit einem feuchten Tuch über den großen Spiegel. Dabei war ihr dicker Babybauch sichtlich im Weg und Medea fluchte.

„Soweit wir wissen, wollte Michalis für Sie und das Kind finanziell sorgen. Reichte Ihnen das nicht?", fragte Elena.

Medea lachte. „Nein. Ich wollte ihn ganz für mich."

„Aber Sie lieben ihn nicht", stellte Jannis fest.

„Wen interessiert schon Liebe. Mit Michalis als Mann an meiner Seite hätte ich für den Rest meines Lebens ausgesorgt. Glauben Sie wirklich, ich möchte für immer den Dreck anderer Leute wegräumen und putzen?"

Elena war schockiert über Medeas Einstellung. „Aber jetzt, nach Michalis Tod sieht es schlecht aus, oder?"

„Wieso? Meinem Sohn steht doch ein Erbteil zu. Bei Michalis Millionen dürfte das für eine sorgenfreie Zukunft reichen." Ein fieses Lächeln huschte über das Gesicht des Zimmermädchens.

Jannis schaute Elena fassungslos an. Wie konnte man so dreist sein. Medea traute er inzwischen einiges zu. „Dann sagen Sie uns noch, wo Sie in der Mordnacht waren", bat er sie.

Ohne groß zu überlegen, antwortete Medea: „Ich war

alleine. Zu Hause. Auf der Couch. Mit einem Wärmekissen, wenn sie es genau wissen wollen. Seit dem hier habe ich jeden Abend Rückenschmerzen." Dabei fasste sie nicht besonders zärtlich an ihren Bauch.

Das Kind tat Elena jetzt schon leid. Sie machte sich eine Notiz, dass sie ihre Rechtsabteilung befragen wollte, wie es sich in Medeas Fall mit dem Erbrecht verhielt. Da auch Jannis keine weiteren Fragen hatte, verabschiedeten sie sich und verließen das Zimmer.

36

Auf dem Parkplatz des Hotels platzte es aus Elena heraus: „Was für eine unangenehme Person. Das ist doch nicht ihr Ernst", Elenas Augen funkelten wütend. Auch Jannis war empört über Medeas Auftreten. „Hoffentlich bekommt das Kind wenigstens Großeltern, die es mögen."

Elena nickte zustimmend. „Wenn das Kind von Michalis ist, hat es auf jeden Fall Glück mit seinen Großeltern. Herr und Frau Papadakis würden sich bestimmt mit viel Liebe und Fürsorge ihres Enkels annehmen."

Sie band sich ihren Pferdeschwanz neu und atmete tief durch. „Hältst du es für möglich, dass Medea unsere Täterin ist?"

Jannis zögerte. Sicherlich hatte Medea ein loses Mundwerk und war nicht besonders mitfühlend, aber Mord?

„Vor Körperverletzung schreckt sie nicht zurück", überlegte Elena weiter.

„Das stimmt, aber meiner Meinung nach ist sie zu impulsiv. Wir müssen immer noch davon ausgehen, dass die Morde nicht aus einer bestimmten Situation heraus entstanden sind, sondern genau geplant waren."

„Da hast du Recht. Das traue ich Medea auch nicht zu. Wahrscheinlich kommt ihr der Mord einfach gelegen."

„Ja. Wir sollten sie nicht außer Acht lassen, aber meine Hauptverdächtige ist sie nicht."

Jannis schaute auf die Uhr. „Es ist kurz vor dreizehn Uhr. Du hast doch bestimmt jetzt Mittagspause, oder?", fragte er Elena.

„Wenn es bei unserem Beruf so etwas wie eine Pause gäbe, dann wäre sie bestimmt jetzt", lachte Elena, die die letzten Tage rund um die Uhr gearbeitet und jede Menge Überstunden angesammelt hatte.

„Dann habe ich eine gute Idee. Würdest du mit mir einen kleinen Abstecher machen?", fragte Jannis und fügte rasch hinzu: „Es liegt auf dem Weg – also kein Umweg." Jannis setzte sein schönstes Lächeln auf und blickte Elena abwartend an. Nach kurzem Zögern gab sie sich geschlagen und lachte. „Also gut. Aber nur, wenn es auch etwas zu essen gibt."

„Dein Wunsch ist mir Befehl", freute sich Jannis, und sie stiegen ins Auto.

37

Nachdem Jannis und Elena einen kurzen Abstecher in ein Café gemacht und sich mit Kaffee und einigen Sandwiches versorgt hatten, fuhren sie zurück nach Chania.

Elena lenkte das Auto an der Küste entlang durch Kalami. Kurz vor der Halbinsel Akrotiri, auf der Chania lag, forderte Jannis Elena auf, in die Berge abzubiegen.

„Aptera?", fragte Elena.

„Genau.", bestätigte Jannis gut gelaunt.

Während Elena überlegte, wann sie das letzte Mal die archäologische Stätte Aptera besucht hatte, fuhr sie geschickt die schmalen Kurven auf den Berg hinauf.

Aptera war eine antike Stadt auf dem Hügel von Paleokastro. Ihre früheste Erwähnung fand die Stadt bereits im 14. bis 13. Jahrhundert vor Christus. Im vierten Jahrhundert vor Christus begann ihre Blütezeit, denn ihre Nähe zu der Souda-Bucht machte sie wirtschaftlich interessant. Bei dem Erdbeben 365 nach Christus wurde diese mächtige Stadt stark zerstört, und bei dem starken Beben Ende des siebten Jahrhunderts wurde Aptera aufgegeben. Erst vor einigen Jahren sind die Ausgrabungen beendet und für Besucher freigegeben worden. Unter anderem konnte man ein besonders schönes antikes Theater besichtigen. Zwei Zisternen aus römischer Zeit, deren Größe und ausgezeichneter Zustand beeindruckend waren, zählten zu den Hauptattraktionen. Teile der Stadtmauer und eines Tempels waren ebenfalls ausgegraben worden.

Von Aptera aus hatte man einen traumhaften Blick über die Olivenhaine, und im Hintergrund sah man die majestätisch anmutende Bergkette der *Lefka Ori*.

Kurz bevor sie die antike Stadt erreichten, bat Jannis Elena links abzubiegen. Der Feldweg führte zur Festung Koules, die auf einem zweihundert Meter hohen Felsplateau stand. Mit ihren runden Ecktürmen war sie der Inbegriff von einer Burg. Sie stammte aus der spätosmanischen Zeit, erst 1860 wurde sie von den Türken erbaut.

Elena hatte angehalten und stieg aus dem Wagen. Der Wind zerzauste ihr das Haar. „Man darf hier nicht rein“, sagte sie zu Jannis.

„Ich weiß, aber das ist nicht schlimm.“ Jannis nahm die Sandwiches und gab sie Elena. Er selbst nahm die beiden Kaffeebecher. „Komm“, sagte er. Vorsichtig stiegen sie über einige Steine und bahnten sich einen Weg durch die hohen Gräser. Sie gingen hinter die Festung. Von dort hatte man eine atemberaubende Sicht auf das Meer, die Bucht von Souda und die Halbinsel Akrotiri mit dem Flughafen von Chania.

Schweigend genossen die Ermittler einige Minuten den Ausblick. Dann suchte Jannis einen geeigneten Platz, wo sie sich hinsetzten konnten. Hungrig bissen sie in ihre Thunfisch-Sandwiches und tranken Kaffee dazu. „Das war eine tolle Idee“, lobte Elena Jannis. Sie konnte sich gar nicht sattsehen.

„Warst du schon oft hier?"

Jannis nickte und krempelte die Ärmel seines Hemdes hoch. „Es gibt Plätze auf dieser Insel, die sind es einfach wert, dass man sie mindestens einmal im Jahr besucht. Das ist einer davon."

Da gab Elena ihm Recht. „Kennst du das Fort Izzedin?", und deutete auf eine Festung unterhalb ihres Standortes.

Jannis schüttelte den Kopf. „Nein, ich habe es jedes Mal gesehen, wusste aber nicht, wie es heißt."

Elena nickte. „Es wurde – ich glaube 1872 – von den Türken erbaut und nach dem erstgeborenen Sohn von Sultan Abdul Aziz Intzedin benannt. Die Aussicht und die Kontrolle über den Golf von Souda waren von hier aus perfekt. Später wurde die Festung als Gefängnis genutzt. Hauptsächlich für politische Gefangene. Auch Eleftherios Venizelos hatte hier eingesessen. Es müssen unmenschliche Zustände geherrscht haben."

Jannis staunte über Elenas Wissen.

„Wusstest du, dass hier 1972 die letzte Todesstrafe Griechenlands vollstreckt wurde?", fuhr Elena fort.

Jannis war schockiert. „So spät noch? Das ist ja gerade einmal fünfzig Jahre her." Er war ein absoluter Gegner der Todesstrafe. Seiner Meinung nach durfte kein Mensch über das Leben eines anderen Menschen richten. Glücklicherweise ist die Todesstrafe in der Europäischen Union vollständig abgeschafft.

„Wurden sie erschossen?"

Elena nickte zustimmend.

Jannis zeigte hinüber zu einer kleinen Insel, die vor Akrotiri lag. „Dort ist doch auch eine Art Festung. Weißt du darüber auch etwas? War das auch ein Gefängnis?"

Elena überlegte angestrengt. „Die beiden Inseln heißen Leon und Souda. Souda ist die Größere. Auf ihr befindet sich ein Fort aus venezianischer Zeit. Wie das heißt und was es damit auf sich hat, weiß ich aber leider nicht."

Trotzdem war Jannis beeindruckt, wie Elena sich hier auskannte. Er nahm sich vor, später mehr darüber im Internet zu lesen.

Als sie ihre Sandwiches aufgegessen hatten, sprachen Elena und Jannis über ihre Unterhaltung mit Medea. „Traurig, dass ein Kind so unwillkommen ist“, sagte Jannis. Er schaute zu Elena. „Hast du eigentlich Kinder?“

Elena schüttelte den Kopf. „Nein, leider nicht. Mit meinem geschiedenen Mann hatte es nicht geklappt und danach habe ich keinen mehr getroffen, mit dem ich gerne Kinder gehabt hätte.“

„Das ist schade.“, sagte Jannis. Er hätte sich nicht vorstellen können, ein Leben ohne seine Tochter Nike zu führen. Doch nicht jeder hatte dieses Glück.

„Du hast eine Tochter, richtig?“, fragte Elena, obwohl sie die Antwort bereits kannte. Ihr Chef, Panaiotis, hatte ihr im Vorfeld viel über Jannis erzählt. Sie wusste von dem Tod seiner Frau und von seiner Tochter Nike.

„Ja“, antwortete Jannis glücklich. „Nike. Sie ist wunderbar. Sie ist bereits verheiratet und hat ebenfalls eine Tochter. Mirabella heißt die Kleine.“

„Du bist schon Opa?“, fragte Elena überrascht. Das hatte Panaiotis ihr nicht erzählt.

„Ja. Schlimm?“

„Nein, überhaupt nicht, aber du wirkst einfach nicht wie ein Opa.“ Elena errötete leicht und trank einen Schluck Kaffee.

Jannis fühlte sich geschmeichelt. „Oh, vielen Dank“, lachte er. „Ich nehme das mal als Kompliment.“

Plötzlich sprang Elena auf. „Schau“, rief sie aufgeregt. „Siehst du das? Das ist ein U-Boot.“

Jannis schaute auf das Meer hinaus. Tatsächlich konnte man in der Mitte der Bucht ein U-Boot erkennen, das bereits halb abgetaucht war.

„Das habe ich noch nie gesehen“, rief Elena begeistert.

„Dabei wird die Souda-Bucht doch von der NATO und der US-Navy als militärische Marinestation genutzt. Der Meeresarm ist geradezu prädestiniert für einen NATO-Stützpunkt." Jannis freute sich, dass nun er mit Wissen glänzen konnte und Elena hörte interessiert zu. „Die Ankerplätze sind so tief, dass U-Boote problemlos anlegen können. Sogar ein Flugzeugträger hat hier Platz. Der Hafen wird häufig von europäischen Kriegsschiffen als Zwischenstation genutzt."

„Auch in Friedenszeiten?", wunderte sich Elena.

„Ja, zum Beispiel bei der Bekämpfung von Piraten vor der afrikanischen Küste."

Davon hatte Elena bereits gehört. „Jetzt bin ich beeindruckt. Das habe ich nicht gewusst."

„Wir sind halt ein gutes Team", stellte Jannis fest und schaute Elena lange an.

„Das ist mir auch schon aufgefallen", gab Elena augenzwinkernd zurück.

„Dann hat sich mein Abstecher doch gelohnt", freute sich Jannis.

„Allerdings."

Elenas Handy klingelte. Sie hatte eine Nachricht von dem Gerichtsmediziner bekommen.

„Grigorakis erwartet mich morgen früh in der Gerichtsmedizin. Du kannst gerne dazukommen."

Jannis nickte bereitwillig.

Nur ungern verließen die Ermittler ihren paradiesischen Platz und gingen zum Auto zurück.

Elena wusste, dass jede Menge Arbeit auf sie wartete.

38

Währenddessen stand Selma Anderson im Hafen von Souda nur circa zwei Kilometer Luftlinie von der Festung Koules entfernt vor einer großen Fähre. Autos fuhren scheppernd auf das zweihundert Meter lange Schiff. Nur wenige Fußgänger standen in der Warteschlange.

Selma hatte sich ein Ticket für die Überfahrt zum Festland

gekauft und wartete darauf, an Bord gehen zu dürfen. Nervös griff Selma immer wieder zu ihrem braunen Lederbeutel und prüfte den Inhalt. Da sie befürchtete, dass man bereits nach ihr suchte, wollte sie einer möglichen Ortung ihres Handys entgehen und hatte es schweren Herzens in einen Mülleimer in Chania geworfen.

Ein älterer Mann in Uniform öffnete die Gangway und lies die Gäste an Bord. „Willkommen", begrüßte er jeden einzelnen und betrachtete die Passagiere genau, während er die Tickets überprüfte.

Selma schwitzte. Auf ihren Handflächen bildete sich kalter Schweiß. Sie versuchte langsamer zu atmen. Einatmen – ausatmen. Ruhig! Es musste einfach klappen.

Als sie an der Reihe war, schaute der Beamte sie lange an und bat sie schließlich um ihren Ausweis.

Selma zwang sich zur Ruhe. Sie kramte in ihrem Beutel und holte den Ausweis hervor. Mit zittrigen Händen übereichte sie ihn dem Mann. Der schaute auf den schwedischen Personalausweis und dann zu ihr hoch. Selma hielt gespannt die Luft an.

Dann gab der Beamte ihr den Ausweis zurück. „Gute Überfahrt, Frau Olsson", sagte er freundlich und ließ sie an Bord.

Selma bedankte sich und betrat die Fähre. Am liebsten hätte sie Freudensprünge gemacht. Gut, dass für die meisten Griechen alle Schwedinnen gleich aussahen. Hauptsache lange blonde Haare.

Selma lächelte und sah erleichtert auf den Ausweis.

Julia Olsson

„Vielen Dank, Julia!", murmelte Selma und warf dem Gesicht auf dem Ausweis eine Kusshand zu. Sie versuchte das unangenehme Gefühl zu unterdrücken, das in ihr aufstieg. Gerne hatte sie den Ausweis ihrer Freundin nicht geklaut, doch sie hatte keinen anderen Ausweg gesehen. Sie war sich sicher, dass man bereits nach ihr – Selma Anderson – fahndete. Da konnte sie kein Risiko eingehen.

Selma ging zur Reling und schaute der Fähre beim Ablegen zu. Wie es von Athen aus weiter gehen sollte, wusste sie noch nicht. Auch nicht, wie sie den Scheck von Michalis einlösen konnte. Doch das würde sie schon irgendwie schaffen. Darüber würde sie sich zu gegebener Zeit Gedanken machen. Wichtig war zunächst, von der Insel herunterzukommen.

Die Fähre nahm an Fahrt auf, und der Wind wirbelte durch ihre langen blonden Haare. Entspannt nahm sie auf einer Bank Platz und genoss die Sonne. Selma setzte ihre große Sonnenbrille auf und lehnte sich zufrieden zurück. Sie freute sich auf die siebenstündige Überfahrt nach Piräus.

39

Gut gelaunt betrat Elena ihr Büro. Selbst der Stapel Papiere, der sich in ihrer Abwesenheit angesammelt hatte, konnte daran nichts ändern. Der Ausflug mit Jannis hatte ihr neuen Schwung gegeben.

Mit einem Lächeln im Gesicht setzte sie sich in den bequemen Bürostuhl und versuchte sich einen Überblick zu verschaffen.

Elena fiel ein kleiner orangefarbener Zettel mit einer Telefonnotiz in die Hand. Die Eltern von Michalis hatten versucht sie zu erreichen. Sie waren zurück nach Athen geflogen, um sich wieder um ihr Hotel zu kümmern. Sie hatten aber eine Telefonnummer hinterlassen, unter der sie erreichbar waren. Elena notierte sie in ihrem Notizbuch.

Traurig dachte sie an das letzte Treffen mit Herrn und Frau Papadakis. Ihr Chef Panaiotis und sie waren zu der Beerdigung von Michalis gegangen und hatten den Eltern ihr Beileid ausgesprochen. Normalerweise werden die Toten auf Kreta am nächsten Tag beerdigt, doch durch die Untersuchung des Gerichtsmediziners hatte es einige Zeit länger gedauert. Dadurch war es Herrn und Frau Papadakis und auch dem Bruder Sebastianos möglich gewesen, rechtzeitig mit dem Flugzeug aus Athen zu kommen.

Es waren sehr viele Menschen zu der Beisetzung gekommen. Geschäftsleute, Freunde und Familie.

Elena erinnerte sich an Frau Papadakis, die tapfer, mit rotgeweinten Augen, die unzähligen Beileidsbekundungen zum Tod ihres Sohnes entgegengenommen hatte. Bei diesem Anblick hatte es Elena fast das Herz gebrochen, mehrfach hatte sie mit den Tränen kämpfen müssen.

Energisch riss sie sich aus ihren Gedanken. Jetzt konnte sie nichts anderes für sie tun, als den Mörder ihres Sohnes zu finden. Das hatten Panaiotis und sie den Eltern am Grab versprochen. Elena würde alles daransetzen, um dieses Versprechen einzuhalten.

Mit einem unguten Gefühl im Bauch schaute sie zu dem leeren Schreibtisch, der ihr gegenüber stand. Sie teilte sich das Büro mit ihrem Chef. Sie bemerkte, dass sie lange nichts von Panaiotis gehört hatte. Elena wollte seine Frau nicht zusätzlich belasten. Die Arme musste bereits genug ertragen. In diesem Fall waren keine Nachrichten wohl eher gute Nachrichten. Sie alle mussten Geduld haben und warten.

Es klopfte an der Tür, und eine Kollegin von Elena trat ein. „Jássou Elena, kannst du dich daran erinnern, dass wir die letzten zwei Wochen Computerprobleme hatten?"

Elena nickte.

„Ich bin jetzt dabei, alle Anzeigen, die wir handschriftlich aufgenommen hatten, in den PC einzugeben. Dabei ist mir die hier aufgefallen und ich dachte, sie könnte dich interessieren."

Die junge Frau in einer eleganten Polizeiuniform übergab Elena mehrere Zettel. Aufmerksam las Elena die Anzeige.

Angeklagter war *Michalis Papadakis.*

Gegenstand der Anklage waren *Ruhestörung und Umweltverschmutzung.*

Erstaunt suchte Elena nach dem Kläger. Auf der zweiten Seite fand sie ihn bzw. sie. Es waren fünf Männer, die Michalis angezeigt hatten.

Überrascht schaute sie hoch. „Wer sind diese Männer?"

Die Kollegin zögerte. „Ich bin mir nicht sicher, da ich die Anzeige nicht selbst entgegengenommen habe. Ich meine aber, alle wären Fischer aus Chania."

Elena wandte sich wieder der Anzeige zu und blätterte zur nächsten Seite, auf der detailliert geschrieben stand, was man Michalis vorwarf.

Michalis Papadakis hatte wiederholt laute Partys auf seiner Yacht Magdalena gefeiert. Bis tief in die Morgenstunden hatte er laute Musik gespielt. Die Männer hatten durch seinen Krach keinen Erfolg beim nächtlichen Fang gehabt. Zudem hatten sie am nächsten Tag leere Sektflaschen im Hafenbecken gefunden. Sie sind der Meinung, dass Michalis seinen Partymüll im Meer entsorgte und somit die Natur verschmutzte.

Elena legte die Zettel auf den Tisch und dachte nach. Da prallten zwei Welten aufeinander. Einerseits der reiche Immobilienmogul auf seiner Luxusyacht, der sich keine Sorgen um Geld machen musste und das Leben feierte. Und andererseits die Fischer in ihren kleinen Booten, die täglich um ihre Existenz kämpften. Elena wusste, dass es mit dem Fischbestand vor Kreta nicht gut bestellt war. Das Meer war leergefischt, und die Fischer mussten lange arbeiten, um etwas zu fangen. Reich konnte man damit nicht werden. Es wunderte sie daher nicht, dass ihnen der vermögende Papadakis da nicht passte.

Elena schaute auf die letzte Seite.

Entgegengenommen durch den Kollegen Stadios.

„Könntest du bei Stadios nachfragen, wer die Männer sind?", bat Elena die junge Kollegin. „Oder noch besser, er möchte mal in mein Büro kommen."

„Natürlich."

„Nephele, vielen Dank. Da hast du gut aufgepasst. Das könnte uns vielleicht wirklich weiterhelfen."

Die junge Kollegin freute sich über das Lob und ging, um Stadios zu suchen.

40

Am nächsten Morgen wachte Jannis früh auf. Er hatte gut geschlafen und begrüßte fröhlich auf dem Balkon den neuen Tag. Der Ausflug mit Elena hatte ihm sehr gut gefallen und er freute sich darauf, sie heute wieder zu sehen.

Er beschloss, zum Bäcker zu laufen und etwas Leckeres für sie beide zu besorgen.

Jannis verließ die *Villa Alpha* und lief an der Hauptstraße entlang Richtung Platanias. Er sah Dimitri in seiner Taverne, wie er mit einem Gartenschlauch die bunten Geranien wässerte. Gegenüber im *Creta Beach* versorgte ein Wassersprenger die Rasenfläche mit genügend Feuchtigkeit. Er entdeckte Kostas, der mit einer hübschen jungen Servierkraft das Frühstücksbüffet für seine Hotelgäste aufbaute.

Jannis ging weiter und hörte schon von weitem den schwarzen Beo des kleinen Supermarktes. „Hi!" war das einzige Wort, das der Beo konnte. Doch damit begrüßte er fleißig jeden, der sich dem Geschäft näherte.

Er überquerte die Straße. Jannis ging an einem verwitterten Gewächshaus vorbei. Jemand hatte sich einen Scherz erlaubt und in die alten Kakteen Gesichter geschnitzt. Auch wenn es für die Pflanze bestimmt nicht förderlich war, musste er bei ihrem Anblick grinsen. Wie Smileys sehen die aus, dachte er amüsiert. Bestimmt zauberten sie dem einen oder anderen Vorbeifahrenden ein Lächeln ins Gesicht.

Er musste etwas Schilf, das seinen Weg versperrte, zur Seite biegen und kam zu einer ehemaligen Diskothek. Das waren noch Zeiten. Jannis schwelgte in Erinnerungen. Hier hatten Alt und Jung zusammen bis in die frühen Morgenstunden getanzt. Jannis seufzte. Schade, dass sie nicht mehr in Betrieb war. Doch so war es mit dem Älterwerden, die Dinge waren vergänglich.

Er wechselte auf die gegenüberliegende Straßenseite und betrat die Bäckerei. Der köstliche Geruch frischer Backwaren stieg ihm in die Nase. Er betrachtete das vielfältige Angebot. Kuchen und Törtchen in allen Variationen warteten darauf, verzehrt zu werden.

Am liebsten hätte er von allem etwas mitgenommen. Für die Mittagszeit entschied er sich für *Tiropitakia* mit Schafskäsefüllung, zum Frühstück kaufte er zwei riesige Donuts, die mit Schokolade überzogen und zusätzlich mit Kokosraspeln bestreut waren.

Fröhlich machte sich Jannis auf den Rückweg. Doch bereits nach kurzer Zeit wurden seine Beine schwer. Er musste an seine Tochter denken und lachte. Immer wenn Nike ihn früher zum Bäcker begleitet hatte, war sie auf dem Rückweg von einer plötzlichen Müdigkeit überfallen worden. „Wir kommen nie an", hatte sie dann laut lamentiert. Zunächst war es ein großer Spaß gewesen, später wurde es für sie zum Ritual. Immer, wenn sie irgendwo spazieren gingen und es anstrengend wurde, sagte einer von ihnen „Ich glaube, wir kommen nie an." Schon stieg die Laune und es ging wieder besser.

Heute war es Jannis, der vor sich hin schlurfte und dachte, dass er es nicht mehr bis zur *Villa Alpha* schaffte. Nike hätte sich nicht mehr halten können vor Lachen, wenn sie ihn so gesehen hätte.

Als er am *Creta Beach* vorbeikam, winkte Kostas ihm zu. „Lust auf ein Frühstück?", rief er herüber. Jannis hielt die Tüte vom Bäcker hoch und dankte. „Beim nächsten Mal."

Endlich hatte er es geschafft, vor ihm lag die *Villa Alpha*. In dem Moment, als er vor dem Appartementgebäude stand, klingelte sein Handy. Es war seine Tochter. Ein wenig außer Atem, begrüßte er sie. „Jássou Nike!"

„Jássou Baba! Wie geht es dir? Erholst du dich gut?"

Jannis lachte. „Ja, ja, dein alter Vater genießt die Zeit auf Kreta. Ich freue mich schon sehr, wenn ihr mich besuchen kommt."

„Du langweilst dich bestimmt schon, gib es doch zu", scherzte Nike, die ihren Vater sehr gut kannte. „Den ganzen

Tag auf der faulen Haut am Strand liegen und den Wellen zuschauen, das ist doch nichts für dich."

Jannis stöhnte. Wenn Nike wüsste, dass er dazu gerade kaum Zeit hatte. Er hatte beschlossen, ihr erst von dem Fall zu erzählen, wenn sie hier war. Sie hätte sich sonst unnötig Sorgen gemacht.

„Hast du schon ein paar Ausflüge gemacht?", hakte Nike nach.

„Natürlich. Erst gestern war ich in Aptera." Jannis lächelte bei dem Gedanken an das Picknick mit Elena. „Und gerade komme ich von einem Ausflug zum Bäcker", fügte er lachend hinzu.

Er hörte wie Nike kicherte. „Ach, Mirabella und ich freuen uns schon sehr", seufzte sie. „Sie kann es kaum erwarten, ihren Opa wiederzusehen."

„Ich freu mich auch auf euch."

Nachdem das Gespräch beendet war, ging Jannis zu seinem Auto, legte die Tüte mit den Donuts behutsam auf den Beifahrersitz und fuhr zum Polizeipräsidium.

41

Pünktlich um zehn Uhr erreichte Jannis sein Ziel. Elena hatte bereits mit zwei Kollegen wegen Selmas Fahndung gesprochen und erwartete ihn in ihrem Büro.

„*Kaliméra*, Elena, ich habe uns etwas mitgebracht", grüßte Jannis und reichte Elena einen Schokoladen-Donut.

„Kannst du Gedanken lesen?", lachte Elena. „Ich hole uns einen Kaffee dazu."

Nach kurzer Zeit kam Elena mit zwei Tassen Kaffee zurück. Genüsslich biss sie in ihren Donut. „Die Fahndung nach Selma hatte übrigens noch keinen Erfolg. Die Kollegen haben alle Krankenhäuser auf Kreta angefragt, Verkehrsunfälle gecheckt und den Zoll am Flughafen und den Fähren kontaktiert.

Nichts." Elena wischte sich den Puderzucker von der Oberlippe.

„Hast du Selmas Bankkonto überprüfen lassen?", fragte Jannis. „Vielleicht hat sie den Scheck eingelöst?"

Elena nickte und trank einen Schluck. „Bis jetzt noch nicht." Als sie erneut in den Donut biss, schob sie Jannis eine Strafanzeige über den Tisch. „Schau mal, Michalis war nicht nur bei den großen Geschäftsleuten nicht sehr beliebt. Diese Anzeige ist von Fischern aus Chania."

Interessiert las Jannis die Anzeige. Nach seiner ersten Überraschung sagte er: „Als ich mich die Tage noch einmal an der *Magdalena* umgeschaut hatte, hatte ich mit einem Fischer gesprochen. Das könnte durchaus einer von ihnen gewesen sein." Er deutete auf die Anzeige.

„Wieso?"

„Der war überhaupt nicht begeistert von Michalis. Er war der Meinung, der reiche Schnösel hätte nicht dahin gepasst. Und ich hatte den Eindruck, dass er froh war, ihn los zu sein."

Elena hielt den Kopf schief und überlegte. „Meinst du, sie haben sich zusammengetan und ... mhm ... ihr Problem beseitigt?"

„Ob sie ihn umgebracht haben? Das könnte schon sein. Sie hätten auf jeden Fall die Möglichkeit dazu gehabt. Aber würden sie soweit gehen?" Er strich sich durch die weißen Haare. „Und warum sollten sie ihn dann noch anzeigen?"

Auch Elena war unsicher. „Ich habe Stadios gebeten, sie alle auf das Präsidium zu laden. Es wäre schön, wenn du bei dem Gespräch dabei wärst."

Jannis nickte zustimmend.

42

Als nächstes stand der Termin mit dem Gerichtsmediziner Grigorakis an. Jannis und Elena fuhren mit dem Aufzug in den Keller. Dort war die Gerichtsmedizin untergebracht. Als sie ausstiegen, schlug ihnen eisige Kälte entgegen. Die Wände und der Boden waren mit weißen Kacheln gefliest. Herr Grigorakis erwartete sie bereits. Der kleine stattliche Mann gab Jannis die Hand und stellte sich vor.

„Grigorakis, Gerichtsmediziner."

„Jannis Nikopolidis …" Jannis überlegte. Der Gerichtsmediziner lachte. „Ich weiß wer Sie sind. Das geht schon in Ordnung."

Sie gingen zu dem Tisch, auf dem der Leichnam von Philipos Galani lag. Ein weißes Tuch deckte seinen Körper ab. Grigorakis nahm seine Akte zur Hand, setzte eine runde Brille auf und begann: „Philipos Galani wurde von hinten mit einem Stein erschlagen. Er starb an einem subduralen Hämatom, einer Blutung im Gehirn. Genau wie Michalis Papadakis. Deshalb könnten die Morde durchaus zusammenhängen. Es handelt sich zumindest um die gleiche Art von Mordwaffe. Einen großen Stein…"

„… der als unterster bei dem Steinmännchen lag?", unterbrach Elena den Gerichtsmediziner.

Grigorakis nickte. „Genauso wie bei Michalis."

„Und da dieses Detail immer noch nicht an die Presse gelangt ist, müssen wir von demselben Täter ausgehen", sagte Jannis.

„Richtig", stimmte Grigorakis zu. „Sonst haben wir nicht viel. Es gab keine Fingerabdrücke, keine Hautpartikel, nichts. Vermutlich trug der Mörder Handschuhe."

„Und die Fußabdrücke?", fragte Elena hoffnungsvoll.

„Stammen vermutlich von dem Gärtner."

„Also haben wir nichts? Keinen einzigen Anhaltspunkt?" Die Ermittlerin wirkte enttäuscht.

Grigorakis schüttelte entschuldigend den Kopf.

„Könnte auch eine Frau die Männer erschlagen haben?", fragte Jannis. Grigorakis nahm seine Brille ab und überlegte. „Gute Frage. Vermutlich schon. Es ist nicht sehr wahrscheinlich, aber auch nicht ausgeschlossen."

„Wieso?"
„Jemand zu erschlagen gehört nicht zu den bevorzugten Mordmethoden einer Frau", lachte der Gerichtsmediziner. „Aber kräftemäßig wäre es durchaus machbar. Man muss nicht besonders stark sein, sondern nur sehr entschlossen."
Jannis überlegte und dachte an Herrn Patros. „Also wäre es auch einem älteren Mann zuzutrauen?"
„Ja, möglich wäre es. Es muss aber jemand gewesen sein, der nicht viel kleiner als Michalis und Philipos ist. Dafür spricht zumindest der Auftreffwinkel des Steins."
Das war eine wichtige Information, die jedoch zum jetzigen Zeitpunkt keinen Verdächtigen ausschloss.
Elena und Jannis bedankten sich bei Grigorakis, und sie fuhren mit dem Aufzug wieder nach oben in wärmere Gefilde. „Viel weiter hat uns das nicht gebracht", meinte Jannis enttäuscht.
„Leider. Was wissen wir über den Mörder?" Elena fasste die Fakten zusammen und zählte an den Fingern auf. „Erstens: Dass es sich sowohl um einen Mann als auch eine Frau handeln kann. Zweitens: Dass er oder sie mindestens 1,70 Meter groß sein muss. Drittens: Dass er oder sie sehr vorsichtig und sorgfältig vorgeht. Es gibt keine Spuren, keine Zeugen."
Jannis nickte zustimmend. „Und wir wissen, dass der Mord geplant war und keine Handlung im Affekt. Um jemanden mit einem Stein zu erschlagen, muss man sehr entschlossen sein zu töten", ergänzte er. „Und dass er oder sie eine Botschaft hinterlässt. Die Steinmännchen sollen uns etwas mitteilen. Nur was?"
Elena zuckte mit den Schultern. „Du hast Recht, viel weiter sind wir wirklich noch nicht."
Als Jannis und Elena den Aufzug verließen, kam eine junge Kollegin den Gang entlang. Sie erblickte Elena und strahlte. „Ich habe Sie schon gesucht. Ich soll Ihnen das von der Spurensicherung geben. Sie haben gesagt, es sei eilig."
Elena nahm die Akte entgegen und warf einen Blick hinein. Die Kriminaltechnik hatte endlich Michalis Laptop geknackt. Sie konnte nun alle Dateien und den gesamten

E-Mail-Verkehr durchforsten; viel Arbeit, aber vielleicht bekämen sie dadurch eine neue Spur. „Dann mach ich mich mal ans Werk. Ich ruf dich an, wenn es etwas Neues gibt."

43

Jannis nutzte die freie Zeit und machte ausnahmsweise das, wofür er hier war: Urlaub! Er ging an den Strand und ließ sich die Sonne auf den Bauch scheinen. Als es ihm zu heiß wurde, nahm er ein kurzes Bad im Meer. Die Wellen waren heute sehr hoch und brachen mit einer enormen Wucht auf die Kiesel, die an die Füße geschleudert wurden. Das zurückfließende Wasser erzeugte ein sogartiges Gefühl unter den Fußsohlen.

Statt zu schwimmen, beschloss er deshalb, einen Strandspaziergang zu machen. Er legte seine Sachen auf sein Handtuch und beschwerte sie mit einem großen Stein, damit sie der Wind nicht würde wegwehen können. Jannis legte sich sein weißes zusammengerolltes T-Shirt über die Schultern und nahm das Mobiltelefon in die Hand.

Er schaute sich um und überlegte, in welche Richtung er gehen sollte. Links nach Maleme oder rechts nach Platanias? Jannis sah das abgesperrte Nest der Meeresschildkröte. Da schien noch alles ruhig zu sein. Gedankenversunken strich er sich über den Oberarm. Noch immer erinnerte eine tiefgehende Narbe an seine Schussverletzung. Nach kurzem Zögern entschied Jannis sich für die zweite Variante und ging nach Platanias. Er lief barfuß am Ufer entlang.

Nach einigen Minuten erreichte er einen kleinen Fluss, der ins Meer mündete. Es war der Lardanos, der aber wegen der Platanen, die an seinem Ufer standen, Platanias Potamos genannt wurde. Seine Quelle ist in den Weißen Bergen. Zunächst verläuft er unterirdisch, bis er sich in Meskla das erste Mal zeigt.

Jannis schaute auf das imposante Bergpanorama. Es war einer der Gründe, weshalb er Kreta so liebte. Das Meer und gleichzeitig die Berge. Wo sonst hatte man so eine beeindruckende Landschaft. Da im Winter und Frühling die Berge mit Schnee bedeckt waren, brachte der Fluss durch die Schneeschmelze viel Wasser mit. Deshalb wurde er auch *Schneefluss* genannt. Sein Wasser war eisig, weswegen es nicht verwunderlich war, dass Jannis seinen Fuß blitzartig wieder zurückzog.

Doch wenn er weitergehen wollte, blieb ihm nichts anders übrig, als ihn zu durchqueren. Kurz darauf reichte ihm das eiskalte Wasser bereits bis zum Knie, und er hoffte, dass es nicht noch höher kam. Die Kälte stach wie Nadeln in seine Beine und er begann zu zittern. Jannis war froh, als der Fluss zum anderen Ufer hin wieder flacher wurde und er sich mit dem wärmeren Meerwasser mischte.

Er lief weiter am Strand entlang, wo deutlich mehr Menschen als in Gerani waren, die sich unter der Aufsicht eines Bademeisters im Meer tummelten. Die Wasserqualität auf Kreta war sehr gut und der Strand war hier feinsandig. Deshalb war er bei Familien mit Kindern sehr beliebt.

Jannis lief noch ein Stückchen weiter. Nun reihte sich ein Hotel an das nächste. Alle hatten Liegen mit Sonnenschirmen am Strand aufgestellt, und die Touristen genossen ihren Urlaub.

Jannis wurde es deutlich zu voll. Er warf noch einmal einen Blick auf die vorgelagerte Insel Agii Theodori, deren Umriss – ein schlafender Drache – von diesem Strandabschnitt aus ganz anders aussah. Manchmal ist ein Perspektivwechsel nicht verkehrt, dachte Jannis und war mit seinen Gedanken bereits wieder bei dem Mordfall.

Dann machte er sich auf den Rückweg. Die Sonne brannte erbarmungslos vom Himmel, und der eisige Fluss bot fast eine willkommene Abkühlung. Er goss eine Handvoll Wasser über seinen Kopf und schüttelte sich, sodass die Tropfen aus den Haaren flogen. Dann lief er weiter und dachte über die letzten Tage nach.

Es war sehr viel passiert. Panaiotis lag im Krankenhaus und kämpfte um sein Leben. Zwei Männer waren ermordet worden und ein junges Mädchen war verschwunden. Was würde als nächstes passieren? Jannis machte sich große Sorgen. Er hasste das Gefühl, wenn er keine Kontrolle über die Dinge hatte. Deshalb hatte er den Beruf als Kommissar auch so gerne ausgeübt, weil er durch seine Ermittlungen weiteres Unheil verhindern konnte. Jedenfalls war ihm das in den meisten Fällen gelungen. Er hoffte, dass er auch mit Elena erfolgreich sein würde und es nicht zu einer erneuten Tragödie kam.

Er war froh, sie kennen gelernt zu haben. Sie ergänzten einander gut, und er fühlte sich sehr wohl in ihrer Gegenwart. Jannis freute sich schon jetzt auf ihr nächstes Treffen und musste lächeln.

Laut brummend flog eine große Hornisse an ihm vorbei. Mittlerweile war er wieder an seinem Strand angekommen. Er ging zurück zu dem Handtuch und setzte sich mit einem Seufzer der Erschöpfung. Jannis rollte sich auf den Bauch. Er war gespannt, was Elena den Daten von Michalis Laptop entlocken konnte.

Ihm fiel das Hotelmädchen Medea ein. Ob sie in der Lage war, einen Mord zu begehen? Der Gerichtsmediziner würde die Tat auch einer Frau zutrauen. Groß genug war sie, aber auch hochschwanger mit Michalis Kind. Allerdings, so hatte es zumindest den Anschein, würde sie für Geld alles tun. Nachdenklich warf Jannis kleine Steinchen in den Sand.

Und was war mit Selma Anderson? Auch sie war eine große Frau, doch war sie eine Mörderin? Ihr Mordmotiv wäre ebenfalls Geld.

Leise sprach Jannis zu sich: „Nehmen wir mal an, Selma hätte Michalis noch lebend auf der Yacht angetroffen und um den Scheck gebeten. Michalis hätte ihn ihr aber, aus welchen Gründen auch immer, nicht gegeben.“ Im Selbstgespräch vertieft, türmte er kleine Steine aufeinander. „Dann wäre es wahrscheinlich zu einem Streit gekommen. Und vielleicht sogar zu einem Mord. Aber der wäre dann im Affekt geschehen und nicht geplant."

Mit einem Krach fiel Jannis Steinmännchen um. Erstaunt versuchte er es erneut. Eins – zwei – drei – vier – beim Versuch, den fünften Stein aufzulegen, fiel alles wieder in sich zusammen. Jannis konzentrierte sich und unternahm noch einen Versuch. Eins – zwei – drei – vier – fünf! Passt. Jetzt merkte Jannis erst, dass er die Luft angehalten hatte.

Ihm wurde klar, dass er bis jetzt davon ausgegangen war, dass so ein Steinmännchen schnell und einfach aufgebaut werden kann. Doch nun hatte er begriffen, dass es dazu einer ruhigen Hand und hoher Konzentration bedurfte. Und das kurz nachdem man jemanden mit voller Wucht erschlagen hatte! Das deutete darauf hin, dass der- oder diejenige geschickt aber vor allem sehr abgebrüht sein musste. Der Verdacht, dass es keine spontane, durch starke Emotionen ausgelöste Tat war, sondern ein vorsätzlich geplanter und kühl ausgeführter Mord, bestätigte sich immer mehr.

Jannis stand auf.

Er schaute den langen Strand entlang. Hohe Wellen brachen mit Wucht auf das Ufer, die Gischt flog ihm entgegen, weißer Schaum blieb am Ufer zurück. Er liebte den Geruch von Salz und Algen. Jannis sog die Kraft des Meeres in sich ein und genoss den Moment.

Dann sammelte er seine Sachen ein, nahm das Handtuch und ging zurück zur *Villa Alpha*.

44

Nach dem Strandbesuch beschloss Jannis, seinem Freund Dimitri in der Taverne einen Besuch abzustatten. Er hatte Appetit auf ein gutes Tsatsiki und einen großen Choriatiki.

Das *Mylos* war gut besucht. Jannis schaute sich nach einem freien Tisch um. Dabei fiel sein Blick auf Vasilis, den Archäologen, der allein an einem Tisch saß. Der hatte ihn ebenfalls entdeckt und rief: „Hey, wir haben uns doch in Castelli, im *Portocali*, kennengelernt. Komm, setz dich zu mir."

Jannis nahm das Angebot gerne an. Er hätte sonst keinen Platz mehr gefunden und er war sehr hungrig. Zudem fand er den Mann äußerst interessant. Wenn auch vielleicht ein wenig zu sehr von sich überzeugt. Doch die Archäologie hatte ihn schon immer fasziniert.

„Arbeitet ihr heute nicht?", fragte er.

Vasilis grinste. „Doch, aber ich hatte Lust auf ein ruhiges Mittagessen."

„Und dann komme ich!", lachte Jannis.

„Das ist schon okay. Ich freue mich über etwas andere Gesellschaft. Nur jeden Tag von morgens bis abends das ganze Team um sich zu haben, ist manchmal etwas anstrengend."

Das konnte Jannis sich gut vorstellen. Vasilis spielte wieder mit der Münze in seiner Hand. Er bemerkte Jannis Blick und zeigte sie ihm stolz. „Das ist die erste Münze, die ich in Falassarna gefunden habe", erklärte er. „So hat es angefangen. Danach habe ich alles in Bewegung gesetzt, um dort graben zu dürfen." Vasilis küsste die Münze und gab sie Jannis. „Seitdem ist sie mein Talisman."

Jannis schaute sich die silberne Münze genauer an. Auf der Vorderseite war ein Kopf zu erkennen, auf der Rückseite – er war sich unsicher – vielleicht ein Mensch?

„Erzähl mir von eurer Ausgrabung", bat Jannis und gab Vasilis die Münze zurück. Das ließ der Archäologe sich nicht zweimal sagen. „Du kennst Falassarna? Falassarna war früher eine Hafenstadt im Westen Kretas. Erste Funde stammen aus der Zeit von 500 vor Christus. Jahrhunderte später gab es ein großes Erdbeben, genau am 21. Juli 365 nach Christus. Die Westküste hob sich dabei um sechs bis neun Meter. Dadurch wurde das Hafenbecken trockengelegt und die Stadt zerstört. In der Neuzeit gab es dort seit 1966 immer wieder Ausgrabungen." Vasilis machte eine Pause und trank einen Schluck Hauswein.

Jannis erinnerte sich. Bei seinem letzten Besuch in Falassarna hatte er die freigelegten Reste von Häusern und Gräbern bewundert. Auch eine lange Stadtmauer war ihm in Erinnerung geblieben. Jannis kam gerne zum Schnorcheln nach Falassarna. Er nahm sich vor, bei nächster Gelegenheit mal wieder einen Ausflug dorthin zu machen. Vielleicht würde Elena ihn begleiten?

Vasilis erzählte aufgeregt weiter. „Ich bin mir sicher, dass damals auch einige Schiffe zu Bruch gegangen sind. Ein paar von ihnen hatten höchstwahrscheinlich wertvolle Fracht an Bord." Leise fuhr er fort: „Ich habe die Stelle gefunden, wo Kisten mit Gold und Silber liegen", sagte er von sich überzeugt.

Jannis war enttäuscht. Natürlich war es immer spannend, einem Schatz hinterher zu jagen, doch von einem Archäologen hatte er etwas anderes erwartet. Viel wichtiger als Gold und Silber waren Ausgrabungen, die zeigten, wie die Menschen damals gelebt hatten. Allein das Rätsel um den mysteriösen Thron hätte Jannis Neugier angestachelt. Er musste lächeln bei der Erinnerung. Immer wenn er mit Agda und der damals noch kleinen Nike einen Ausflug nach Falassarna unternommen hatte, kamen sie an dem Thron vorbei. Bis heute weiß keiner genau, ob es sich wirklich um den Thron des Meeresgottes Poseidon handelt, doch jedes Mal musste Jannis anhalten, und Nike kletterte auf die Steine. Sie war überzeugt, dass der Thron nur für sie gemacht worden war.

„So", sagte Vasilis und riss Jannis aus seinen Träumen. Jetzt muss ich zurück. War schön, mit dir geplaudert zu haben."

„Ganz meinerseits", sagte Jannis. „Viel Erfolg."

Dimitri brachte den griechischen Salat mit einem großen Stück kretischem *Mizithra*-Käse und setzte sich zu Jannis. „Woher kennst du den denn?", fragte er mit einem leicht verächtlichen Unterton. Fremde fielen hier sofort auf.

„Du bist aber gar nicht neugierig", lachte Jannis und erzählte, wie sie sich in Castelli kennengelernt hatten. „Ach so", meinte Dimitri nur und zuckte mit den Schultern. „Gibt es etwas Neues von Panaiotis?"

Jannis schüttelte den Kopf. „Wir müssen abwarten."

„Und was macht der Mord?"

„Du meinst die beiden Morde?"

Dimitri öffnete erschrocken den Mund. „Was? Zwei?"

Da es kein Geheimnis war und man es morgen eh in der Zeitung lesen konnte, beschloss Jannis den Freund zu informieren. „Ja, Philipos Galani, der Freund von Michalis, ist auch umgebracht worden."

Dimitri schnappte nach Luft. „Wie? Wo?"

Jannis antwortete: „In seinem Garten haben wir den Anwalt erschlagen aufgefunden."

Dimitri war entsetzt. „Ihr habt ihn gefunden? Elena und du?"

Jannis nickte. Die Erinnerung war nicht besonders schön.

„Das kann doch nicht sein. Wer macht denn so etwas? Wisst ihr schon, wer es war?"

Jannis schüttelte den Kopf. „Elena und ich haben mehrere Ansätze, aber noch nichts Konkretes." Dimitri war das Funkeln in Jannis Augen bei der Erwähnung von Elenas Namen nicht entgangen. Er grinste.

„War es derselbe Täter?"

„Wir gehen zum jetzigen Zeitpunkt davon aus."

Dimitri erhob sich. „Ich muss leider weiterarbeiten. Du siehst ja, was heute los ist. Der Salat geht aufs Haus. Schließlich brauchst du Energie, um den Fall zu lösen."

„Danke, die kann ich gut gebrauchen."

45

Jannis bummelte langsam zurück zur *Villa Alpha*. Er beobachtete eine kleine Gruppe junger Hunde und musste schmunzeln. Die drei blieben an der Straße stehen, und der kleinste von ihnen schaute aufmerksam nach links und rechts. Als kein Auto kam, lief er hinüber. Die beiden anderen Hunde folgten ihm. Wie clever, dachte Jannis erstaunt.

Seine Gedanken kehrten zurück zu Vasilis. Komischer Kauz. Eher ein moderner Schatzjäger als ein wissenschaftlicher Archäologe. Doch wahrscheinlich würde er bei seiner Suche nach Münzen auch historisch wertvolle Stücke entdecken, die man dann später in einem Museum bestaunen konnte. Vasilis dachte wohl kaum, dass er einen gefundenen Schatz behalten dürfte. Als Archäologe musste er wissen, dass alles was er findet Eigentum des Staates Griechenland ist. Wahrscheinlich zielt sein Ehrgeiz darauf, seinen Namen im Zusammenhang mit einer spektakulären Entdeckung zu sehen. Was auch immer Vasilis Anreiz sein mochte, Jannis freute sich, dass die Grabungen wieder aufgenommen worden waren.

In seinem Appartement angekommen, setzte er sich auf den Balkon, öffnete seinen Laptop und gab in der Suchmaschine ein: *Ancient Falassarna.* Unzählige Treffer wurden aufgeführt. Zunächst gab es die üblichen Touristenhinweise und eine Reihe von Hotelangeboten, die versuchten sich gegenseitig mit unwiderstehlichen Preisen zu unterbieten.

Doch dann stieß Jannis auf eine Seite, die sich mit der antiken Stadt Falassarna beschäftigte. Neugierig scrollte Jannis nach unten. Er war erstaunt, wie viele neue Informationen und Erkenntnisse es doch immer wieder gab.

So fand er jetzt die These, dass Nikes Thron zwar für Poseidon gebaut, aber auch für öffentliche Reden als Podium genutzt worden war.

Dann entdeckte er einen Artikel über den alten Hafen. Manches wusste er bereits von seinen früheren Besuchen in der antiken Stätte, wo er einige Schautafeln mit Bildern und Texten durchgelesen hatte. Doch detailliert hatte er sich damit noch nicht beschäftigt.

Auf über 7500 Quadratkilometern erstreckte sich der alte Hafen. Die Erbauer nutzten eine alte Lagune und verbanden sie mit dem Meer durch einen künstlichen Kanal. Der war fünfzig

Meter lang, zehn Meter breit und zwei Meter tief. Eventuell gab es noch einen weiteren Kanal für kleine Boote. Dadurch war eine Zirkulation des Meerwassers im Hafenbecken gegeben.

Jannis schaute erstaunt auf die folgenden Abbildungen. Sie waren realistisch wie ein Foto, so als ob sie heute Morgen dort gemacht worden wären. Man bekam eine genaue Vorstellung davon, wie es dort damals ausgesehen haben könnte.

Jannis beschloss, bei nächster Gelegenheit nicht nur zum Schnorcheln nach Falassarna zu fahren, sondern sich mit diesen neuen Informationen auch noch mal die Ausgrabung anzusehen. Er fand es spannend und aufregend zu sehen, wie die Menschen damals gelebt hatten. Zum Beispiel waren ihm die Überreste der alten Befestigungsanlage, die aus vier Türmen bestanden und mit Mauern verbunden waren, beim letzten Besuch gar nicht so aufgefallen. Er hatte zwar Teile der Mauer und Türme gesehen, doch erst mit dem Schaubild ergab alles einen Sinn.

Neugierig las er weiter.

Im alten Falassarna wurden eigene Münzen geschlagen."

„Ach!", entfuhr es Jannis erstaunt.

Auf der einen Seite war eine Frau abgebildet, auf der anderen die Initialen ϕA (FA) zwischenå den Elementen des Dreizacks.

Das eingefügte Foto schaute sich Jannis interessiert an. Nachdenklich strich er durch sein verstrubbeltes Haar. Bei Vasilis Glücksmünze schien es sich um keine antike Münze aus Falassarna zu handeln.

Dann beschäftigte sich der Artikel mit dem Problem der Piraterie. Jannis wusste, dass es früher auf Kreta viele Seeräuberverstecke gegeben hatte.

69 v. Chr. zerstörten die Römer die Stadt und verhinderten die Wiederverwendung des Hafens als Piratenversteck. Sie blockierten mit Steinblöcken den Eingang zum Hafen.

Jannis schaute sich weitere Fotos von freigelegten Gebäuden an. Einen Tempel, Zisternen, öffentliche Bäder und einen Friedhof mit 43 Gräbern hatte man bereits entdeckt. Der Friedhof erregte Jannis Aufmerksamkeit.

Er wurde von der archaischen bis zur hellenistischen Zeit genutzt. Dadurch entdeckte man verschiedene Bestattungssitten.

Das ist ja spannend, dachte Jannis. Auf Bildern sah er Tontöpfe, die als Särge genutzt worden waren, kleine Steinbauten und Gräber in natürlichen Vertiefungen. „Jede Zeit hatte ihre eigenen Rituale", stellte er fasziniert fest.

Zwischen den Grabsteinen wurden importierte rote und schwarze Vasen mit Figuren gefunden.

Jannis blickte vom Laptop hoch und schaute auf das Meer. Er versuchte sich zu erinnern, ob er im Museum in Chania Scherben von dem Friedhof gesehen hatte, doch er war sich nicht sicher.

Das Klingeln des Handys riss ihn jäh aus seinen Gedanken. Es war Elena.

„Jássou Janni, die Fischer kommen in einer Stunde auf das Präsidium. Kannst du das vielleicht einrichten?"

Jannis schaute auf die Uhr. „Ich bin da", versprach er.

Mit einem Ruck klappte er den Laptop zu. Schnell sprang er unter die Dusche und machte sich fertig.

46

Kurz darauf holte Jannis Elena in ihrem Büro ab. „Ich habe Stadios gebeten, die Fischer in den Konferenzraum zu bringen. Dort haben wir etwas mehr Platz", begrüßte Elena ihn und ging mit ihm den schmalen Flur entlang.

Schon von weitem hörten sie ein lautes Gemurmel. Je näher sie kamen, desto deutlicher waren die einzelnen Stimmen zu verstehen.

„Ich weiß auch nicht, warum wir hier sind."

„Vielleicht weil wir die Entschädigung bekommen, die uns zusteht."

„Von wem denn? Von Michalis Geist?"

Die Fischer brachen in lautes Gelächter aus. Jannis und Elena blieben kurz vor dem Raum stehen und hörten den Fischern zu.

„So!", sagte Elena laut, als sie durch die Tür traten. Die Fischer verstummten.

„Mein Name ist Elena Dermitzaki und das ist Jannis Nikopolidis."

Jannis und Elena setzten sich an den runden Tisch und Elena schlug die Akte auf. „Ajax Basdekis", las sie laut vor und schaute hoch.

„Ja!" Der Fischer zu ihrer Linken nickte Elena zu. „Maximos Tsirgiotis?"

„Das bin ich."

Während Elena einen nach dem anderen aufrief, beobachtete Jannis die Fischer genau. Im Laufe seiner vielen Dienstjahre hatte er genügend Erfahrung gesammelt, um sich schnell ein Bild von einem Menschen machen zu können. Nur selten lag er mit der ersten Einschätzung falsch. Die Körpersprache eines Menschen verriet sehr viel, wenn man gelernt hatte sie zu deuten.

Die Fischer waren ordentlich gekleidet und gepflegt. Ihre sonnengegerbte Haut verriet, dass sie sich viel im Freien an der rauen Meeresluft aufhielten. Es war schwierig, ihr Alter einzuschätzen.

„Thanos Karadimas!"

„Mh!", brummte es von gegenüber. Elena schaute auf und Jannis sagte freundlich: „Wir kennen uns bereits. Hatten Sie einen erfolgreichen Fang?"

„Mhhh", brummte der Fischer wieder.

„Aris Megalos?"

„Hier."

„Dann müssen Sie Sirius Floridu sein", folgerte Elena, schloss die Akte und schaute zu dem fünften Mann. Der Fischer bestätigte nickend.

„Vielen Dank, dass Sie sich die Mühe gemacht haben und noch einmal zu uns gekommen sind. Es geht um Ihre Anzeige."

„Das dachten wir uns schon."

„Gibt es endlich das Geld?"

„Wir hatten Umsatzeinbußen!".

Elena hob beschwichtigend die Hände. „Nein. Wie Sie wissen, ist Michalis Papadakis tot."

„Also kein Geld?", brummte Aris übellaunig. „Warum sind wir dann hier?"

„Wir möchten von Ihnen mehr über ihre Probleme mit Michalis erfahren", mischte sich nun Jannis in das Gespräch ein.

„Wieso? Der ist doch tot. Kein Geld – aber auch keine Probleme!", sagte Sirius.

Die Fischer lachten. Doch dann dämmerte es Sirius. „Deshalb sind wir hier. Wegen des Mordes an Michalis. Richtig?"

„Ja, so könnte man es sagen", bestätigte Elena. „Haben Sie etwas gesehen oder gehört, was uns weiterhelfen könnte, Michalis Mörder zu finden?"

„Was sollen wir denn gesehen haben?", fragte Sirius.

„Den Mörder!", lachte Aris.

„Woher soll ich wissen wer das ist?", fragte Sirius und zuckte mit den Schultern.

„Ist mir auch egal", brummte Thanos. „Ich habe bereits gesagt, dass ich nichts weiß."

Elena stöhnte verzweifelt und versuchte das Durcheinander zu unterbrechen. „Also hat keiner von Ihnen etwas Auffälliges bemerkt."

Alle Fischer schüttelten den Kopf.

„Wo waren Sie denn in der Mordnacht?", fragte Jannis.

„Ich war auf dem Meer, meinen Lebensunterhalt verdienen", antwortete Sirius. Er machte eine Handbewegung zu seinen Kumpels. „Wir alle waren auf dem Meer – wie jeden Tag."

„Das ist unser Job!"

„Wir haben nicht so viel Geld wie Michalis. Wir müssen hart dafür arbeiten."

Elena schüttelte den Kopf, ihr blonder Pferdeschwanz wippte hin und her. Die Fischer konnten sich nicht vorstellen, dass auch Michalis hart für sein Geld gearbeitet hatte. Vielleicht nicht körperlich wie sie, aber Michalis musste stets erreichbar sein und hatte viele Stunden oft bis tief in die Nacht an seinem Schreibtisch gesessen. Die Fischer waren jedoch der Meinung, das Geld sei ihm einfach so zugeflogen.

Jannis stand auf. „Kann das jemand bezeugen?“

„Die Fische wohl nicht, die sind tot!“, lachte Aris und schlug mit der flachen Hand auf den Tisch. Die Fischer lachten. „Wie Michalis!“, ergänzte Maximos und die Männer brüllten noch lauter.

Elena und Jannis schauten sich verzweifelt an. Elena versuchte es erneut mit Höflichkeit. „Könnten Sie mir Ihre Arbeit während der Nacht beschreiben?“

Der brummige Thonos ergriff das Wort. „Meist fahren wir zu zweit abends auf das Meer hinaus.“

„Dort werfen Sie die Netze aus?“, hakte Elena nach.

„Nein, wir fischen traditionell mit *Paragadi*.“

„Einem Schleppnetzt?“, fragte Jannis.

Thonos schüttelte den Kopf. „Nein, das ist kein richtiges Schleppnetz.“

Auf Elenas fragenden Blick hin fuhr er fort.

„Das ist eine lange Schnur, an der alle paar Meter dünne Nylonschnüre mit Angelhaken gehängt werden.“

„Und daran kommen die Köder?“, wollte Elena wissen. Sie hatte sich nie dafür interessiert, wie die Fischer an ihren Fang kommen.

„Richtig“, sagte Thonos. „Krabben, Makrele, Tintenfisch – was gerade so da ist.“

„Also fährt einer das Boot, während der andere die Schnüre in das Wasser gibt?“, fragte Jannis.

Thonos nickte. „Genau. Das ist eine ganz schön harte Arbeit. Jeder Haken muss mit einem Köder bestückt werden, und das Ganze geht verdammt schnell. Nicht selten reißt es dir dabei die Finger auf.“ Er zeigte seine vernarbten Hände. „Das muss man können, sonst endet es im heillosen Chaos. Sie können ja mal mitfahren.“

Jannis wusste nicht, ob das ein ernst gemeintes Angebot war, aber er beschloss, sich die Fischerei tatsächlich einmal genauer anzuschauen.

„Was passiert, wenn das *Paragadi* ausgelegt ist?", fragte Elena.

„Dann machen wir ein paar Stunden Pause, und im Morgengrauen sammeln wir die Schnüre wieder ein. Glauben Sie mir, das ist Knochenarbeit."

Das konnte Jannis sich vorstellen. Interessanter fand er jedoch die Information, dass die Fischer nicht die Nacht auf dem Meer verbrachten. „Fahrt ihr nach Hause?"

„Meistens."

„Und in der Mordnacht?"

Das erste Mal war es still in dem Raum.

Jannis und Elena schauten von einem Fischer zum anderen. Es war deutlich zu spüren, wie unbehaglich sich alle fühlten.

Dann antwortete Aris. „Auch da sind wir für etwa vier Stunden nach Hause gefahren, um zu schlafen."

„Jeder zu sich?" Es war eher eine Feststellung von Elena als eine Frage.

Die Fischer nickten. Ihnen war klar, was das bedeutete. Sie hatten alle kein Alibi.

„Danke, das war alles", schloss Elena das Gespräch.

Aris stand auf. „Wenn Sie uns jetzt den Mord an Michalis anhängen wollen, sind Sie auf der falschen Fährte", sagte er entrüstet. „Ja, wir konnten ihn nicht leiden, aber wir sind ehrbare, rechtschaffene Bürger. Wir fünf würden nie jemanden umbringen."

In dem Moment zuckte Jannis zusammen. Fünf! In seinem Kopf ratterte es. Fünf Fischer – fünf Steine, war da ein Zusammenhang?

Während Elena die Fischer verabschiedete, überlegte Jannis fieberhaft. Die Männer hatten kein Alibi für die Mordnacht. Jeder von ihnen wäre kräftig genug für einen tödlichen Schlag auf den Kopf. Und dann die fünf Steine.

Jannis musste seine Gedanken ordnen. Er stand auf und

ging ebenfalls zur Tür. „Lass uns nachher über das Gespräch reden“, bat er die erstaunte Elena. „Magst du gleich mit mir bei Kostas im *Creta Beach* zu Abend essen? Mir ist heute nach einem großen Stück Fleisch.“

Elena, der nach dem anstrengenden Verhör ebenfalls der Kopf brummte, lachte und nahm das Angebot gerne an. „Kein Wunder nach so viel Fisch“, sagte sie augenzwinkernd.

47

„Jetzt geht es mir besser“, sagte Jannis zufrieden und legte das Besteck auf den leeren Teller.

„Ich hätte nie gedacht, dass du das ganze Stück Fleisch schaffst“, kicherte Elena, die nur einen kleinen Teller Nudeln mit Trüffelsauce gegessen hatte.

„Warte mal ab, was es noch zum Nachtisch gibt“, lachte Jannis und Elena stöhnte auf.

Getreu dem griechischen Sprichwort *Hungriger Bär tanzt nicht* war Jannis nun bereit, sich wieder über den Fall zu unterhalten.

„Ich bin mir sicher, wenn wir den Mörder von Michalis finden, haben wir auch den Mörder von Philpos. So weit sind wir uns einig, ja?“, fasste Elena zusammen.

Jannis stimmte zu. „Das denke ich auch.“

„Was sagst du zu den Fischern?“

Jannis lehnte sich entspannt zurück. „Ehrlich gesagt, ich weiß es nicht.“ Er zählte nacheinander auf: „Sie haben kein Alibi, sie wären kräftemäßig in der Lage, sie hätten ein Motiv.“ Jannis legte den Kopf schief und überlegte laut. „Haben sie wirklich ein Motiv? Nur weil sie Michalis nicht leiden konnten? Viel Geld hätten sie mit ihrer Anzeige nicht bekommen, und ich glaube ehrlich gesagt nicht, dass sie Umsatzeinbußen durch ihn hatten.“

„Nein, das kann ich mir auch nicht vorstellen. Sie wollten ihm mit der Anzeige wohl eher eins auswischen."

„Trotzdem hätten sie die Gelegenheit und die Möglichkeit gehabt", fuhr Jannis fort. „Und irgendwie kommt mir der Zufall *fünf Fischer – fünf Steine* nicht wie ein Zufall vor."

„Daran habe ich auch schon gedacht", gab Elena zu. „Für jeden Fischer könnte ein Stein hingelegt worden sein. Als Zeichen, dass sie es gemeinsam gemacht haben."

Elena machte eine kurze Pause. „Aber wer von ihnen sollte Michalis ermordet haben? Es kann ja nur *einer* mit dem Stein zugeschlagen haben."

Jannis nickte. „Ja, wahrscheinlich. Ich kann nur Aris Megalos ausschließen."

Elena schaute erstaunt. „Wieso?"

„Weil er dem Gerichtsmediziner nach zu urteilen zu klein für die Tat ist."

„Stimmt", gab Elena zu. „Dann bleiben noch vier Verdächtige."

„Gut, überprüfen wir sie, vielleicht ist einer vorbestraft", riet Jannis ihr. „Wir sollten uns auch bei den anderen Fischern in Chania erkundigen. Da erfährt man bestimmt einiges."

„Das stimmt, Jannis. Könntest du das vielleicht übernehmen? Ich bin immer noch mit der Auswertung des Laptops beschäftigt.

„Mach ich!"

Jannis bestellte bei dem Kellner ein weiteres Pils. „Möchtest du auch noch eines?"

Elena lehnte dankend ab. Sie holte einen Zettel aus ihrer großen schwarzen Tasche. „So lange wir noch keinen eindeutigen Hinweis auf den Mörder haben, sollten wir die anderen Verdächtigen jedoch nicht vernachlässigen." Sie schob den Zettel in die Mitte des Tisches, so dass auch Jannis ihn lesen konnte. Es war eine Art Tabelle mit Namen, Motiv und Alibi.

„Gute Idee, es einmal so übersichtlich zusammenzufassen", lobte Jannis.

Alexandros Karagounis, kein Motiv, verliert ohne Michalis Geld, hat wahrscheinlich ein Alibi (Selma), wäre körperlich in der Lage
Selma Anderson, Motiv könnte Geld sein (Scheck), hat wahrscheinlich ein Alibi (Alexandros), wäre körperlich in der Lage
Die Schwedinnen *Julia und Freja* hätten die Möglichkeit, aber kein Motiv
Medea, Motiv Geld, kein Alibi, wäre körperlich in der Lage
Pela Patros, Motiv evtl. Eifersucht oder Rache wegen ihrer Eltern hat ein Alibi (innerhalb der Familie), wäre körperlich in der Lage
Herr Patros, Motiv, evtl. weil Michalis Pela schlecht behandelt hat oder wegen der unfairen Aktion mit seiner Taverne, hat ein Alibi (innerhalb der Familie), wäre körperlich in der Lage

Jannis schaute hoch. „Und was ist mit *Frau* Patros?"

Elena war überrascht. „Stimmt, was ist überhaupt mit ihr. Sie ist so zurückhaltend und beherrscht. Glaubst du sie könnte etwas mit dem Mord zu tun haben?"

„Ausschließen können wir es zum jetzigen Zeitpunkt wohl nicht. Jedoch spricht mein Bauchgefühl dagegen", sagte Jannis und deutete auf seinen Bauch.

„Das ist wohl eher das Steak, was da spricht", grinste Elena. Jannis lachte laut. „Sind das alle Verdächtigen?"

„Sieht so aus." Elena zuckte mit den Schultern und steckte den Zettel zurück in ihre Tasche.

„Was ist denn mit Sebastianos?"

„Michalis Bruder?" Elena schüttelte vehement den Kopf. „Nein, der hat ein perfektes Alibi und kein Motiv. Sebastianos ist ein unglaublich netter Mensch. Sehr bescheiden und fleißig."

„Er muss ja nicht der Mörder sein", wiegelte Jannis beschwichtigend ab. „Vielleicht kann er uns trotzdem weiterhelfen."

„Ich glaube, er ist noch auf Kreta", überlegte Elena. „Herr und Frau Papadakis sind zurück nach Athen geflogen, um ihr

Hotel wieder zu öffnen. Sebastianos wollte bis zur Gedenkfeier am vierzigsten Tag hier bleiben. Ich meine, er wollte in Michalis Haus wohnen und sich um alles kümmern. Er leidet sehr unter dem schrecklichen Tod seines Bruders."

„Dann frag doch bitte mal, ob wir ihn dort besuchen dürfen. Er kann uns bestimmt noch mehr zu Pela und Medea sagen. Vielleicht weiß er auch über die Geschäfte seines Bruders Bescheid."

Kostas brachte Jannis das Bier. „Wie läuft es denn bei euch?", fragte er und setzte sich zu ihnen. Inzwischen war es ein offenes Geheimnis, dass Jannis Panaiotis bei der Lösung des Mordfalls unterstützte.

„Ach, weißt du, es gibt viele Anhaltspunkte, aber noch nicht die ganz heiße Spur", erklärte Jannis.

„Das kommt noch. Ihr beide zusammen werdet den Täter schon finden.", ermunterte Kostas die Ermittler. „Habt ihr Lust auf einen Nachtisch?"

Elena und Jannis stöhnten. Doch Kostas ließ sich davon nicht beeindrucken. „Ich würde gerne etwas Neues ausprobieren. Ihr seid sozusagen meine Versuchskaninchen, bevor ich es meinen Hotelgästen vorsetze."

„Wie könnten wir da nein sagen", lachte Jannis, der sich insgeheim auf einen leckeren Nachtisch gefreut hatte.

„Na also." Kostas erhob sich schwungvoll und ging zur Küche.

In dem Moment fing die Erde an zu wackeln. Es brummte und bebte. *„Sismos! Sismos!"*, rief der Kellner. Die großen Scheiben des Restaurants wackelten und die Flaschen in der Hotelbar klirrten. Das Erdbeben wurde immer stärker. Ein paar Touristen schrien erschrocken auf und liefen aus dem Restaurant. Eine Flasche fiel krachend zu Boden. Das Licht ging aus, und es wurde stockfinster.

So plötzlich das Erdbeben gekommen war, so schnell war es wieder vorbei. Die Erde hatte sich beruhigt und es war still.

Zumindest für einen kurzen Moment. Dann ging alles weiter seinen normalen Gang. Kostas und der Kellner brachten

Windlichter mit brennenden Kerzen und stellten eines auf jeden Tisch. Eine junge Servierkraft fegte flink die Scherben von der Flasche auf. Danach entfernte sie einen umgestürzten Blumentopf, kehrte die Erde zusammen und stellte eine abgebrochene Blüte in einer kleinen Vase auf die Bar.

Die Touristen kehrten noch verängstigt auf ihre Plätze zurück. Jannis hatte Verständnis für ihre Angst. Wenn man Erdbeben nicht gewohnt war, war es ein unheimliches Erlebnis. Auf Kreta gehörten sie zum Leben dazu. In den letzten Jahren hatte es sich glücklicherweise nur um kleinere Beben gehandelt, die nicht viel Schaden angerichtet hatten. Doch in der Geschichte Kretas gab es auch starke und verheerende Erdbeben.

Als Kostas ihnen eine Kerze brachte, tauchte sie den Tisch in ein wunderschönes Licht. „Richtig romantisch!“, flüsterte Elena und errötete leicht.

Auch Jannis genoss die Atmosphäre, die durch das dezente Licht entstanden war. Still betrachtete er Elena. Im Schein der Kerze sah sie noch hübscher aus. Ihr Gesicht hatte weiche, sanfte Züge und ihre Augen funkelten. Vertraulich lächelte sie ihn an, was ihm sehr gefiel.

Jäh wurde der magische Moment unterbrochen, als Kostas einen großen Teller in die Mitte ihres Tisches stellte. „*Kalí órexi.* Ich bin gespannt, wie es euch schmeckt.“

Geradezu entsetzt schauten Jannis und Elena auf den Teller. Eine ungeheuer große Waffel mit einer riesigen Portion Eis, Sahne und Schokoladensauce wartete darauf, von ihnen verzehrt zu werden. „Das ist ja Wahnsinn, so etwas habe ich noch nie gesehen“, freute sich Elena lachend, die neben Katzen noch eine weitere Leidenschaft hatte: Schokolade!

„Ich auch nicht“, stimmte Jannis zu und brach sich mit der Gabel ein Stück Waffel ab. Er zog es durch die Schokoladensauce und probierte es. „Mhhh. Das ist köstlich.“

„Wirklich?“ Kostas, der aufmerksam am Tisch stehen geblieben war, freute sich.

„Wirklich!“, schwärmte auch Elena, die ebenfalls ein erstes Stück probiert hatte.

„*Efcharistó polí.* Ich nenne sie *Waffel Spezial.*“

Der Name passte. Genüsslich arbeiteten sich Jannis und Elena durch die Unmengen von Eis, Sahne und Schokoladensauce. Sie waren begeistert, traumhaft! Ein würdiges Ende eines wunderschönen Abends.

48

Jannis ärgerte sich über sich selbst. Das hätte er eigentlich wissen müssen. Wie er Elena versprochen hatte, war er zu den Fischern in den Hafen von Chania gefahren – allerdings um die Mittagsstunde. Zu dieser Zeit hatte er jedoch keinen im Hafen angetroffen. Jannis wischte sich den Schweiß von der Stirn. Er würde am frühen Abend nochmal hinfahren müssen, wenn die Fischer sich für ihren Fang vorbereiteten.

Jannis Handy meldete sich und er fuhr auf den Seitenstreifen. Es war Elena. Ohne viel Zeit mit einer Begrüßung zu vergeuden, kam sie direkt zur Sache: „Die Unterlagen auf Michalis Laptop sind sehr umfangreich. Ich sitze bestimmt noch mehrere Tage daran.“

„Ist es denn interessant?“, fragte Jannis.

„Allerdings“, bestätigte Elena. „Die drei Männer Michalis, Philipos und Alexandros hatten ein gemeinsames Projekt.“

Das überraschte Jannis nicht. Soweit waren sie bereits in ihren Ermittlungen gekommen

Elena berichtete weiter. „Und jetzt rate mal welches?“ Sie wartete seine Antwort nicht ab, sondern fuhr direkt fort. „Sie wollten ein riesiges Hotel bauen. Mit allem erdenklichen Luxus. Und jetzt rate mal wo?“ Wieder ließ Elena ihm keine Zeit zu antworten und er musste grinsen.

„In Falassarna, Janni“, rief Elena in den Hörer. Das war tatsächlich eine Überraschung. Es gab dort nur ein paar kleine Tavernen, kein großes Hotel. Falassarna gehörte zu den schönsten Stränden Kretas. Ein Luxushotel an der Stelle wäre eine Goldgrube. Doch wegen der archäologischen Ausgrabungen hatte es dafür nie eine Genehmigung gegeben.

„Das ist aber sehr erstaunlich, gerade jetzt, wo ein Archäologenteam mit Ausgrabungen begonnen hat“, überlegte er laut.

„Ich mach‘ mal weiter, Janni.“ Elena wirkte sehr aufgeregt.

„Ich bin gespannt, auf was du noch stößt.“

„Ich auch.“

Jannis lächelte. Elenas Temperament beeindruckte ihn. Er steuerte seinen kleinen roten Panda zurück auf die Straße und fuhr weiter bis an eine Kreuzung. Auf der einen Seite ging es zurück Richtung Platanias, auf der anderen auf die Halbinsel Akrotiri. Kurz zögerte er, dann folgte er einer Eingebung, nahm die zweite Richtung und fuhr durch die karge Landschaft am Flughafen von Chania vorbei. Nach einiger Zeit säumten riesige Zypressen den schmalen Weg. Jannis fuhr auf sein Ziel zu: Agia Triada. Das wunderschöne Kloster, dessen Name Heilige Dreifaltigkeit bedeutet, war im 17. Jahrhundert gegründet worden. Es lag inmitten von Olivenhainen und Weinstöcken.

Jannis parkte davor und stieg aus. Ein heftiger Windstoß empfing ihn. Nicht umsonst fühlte sich der Windgott Aiolos hier zu Hause.

Beeindruckt betrachtete Jannis den altehrwürdigen Bau, für ihn das schönste Kloster aus venezianischer Zeit. Fast ehrfürchtig schritt er die Treppenstufen hoch. Durch den Torbogen konnte er bereits die Kirche von Aiga Triada sehen. Ein Mönch in seiner *Raso*, der schwarzen Mönchskutte, saß am Eingang und nahm ein geringes Eintrittsgeld entgegen.

Jannis betrat den Innenhof. Drei kleine weißbraune Katzenbabys kreuzten spielend seinen Weg. Schade, dass Elena nicht hier ist, dachte er.

Fasziniert lief er unter den alten Bögen hindurch. In malerischen Amphoren standen Fächerpalmen und kleine Zitrusbäume. Ihr frisches Grün bot einen wunderschönen Farbkontrast zu dem terrakottafarbenen Bauwerk. Die Mönche gaben sich viel Mühe bei der Gestaltung des Klosters und dekorierten jede Ecke mit Liebe zum Detail.

Jannis ging in das Museum und bestaunte prunkvolle mit Gold verzierte Messgewänder hinter den Glasscheiben. Auch alte Ikonen, die die Mönche bei dem Brand durch die türkischen Besetzer 1821 hatten retten können, waren zu besichtigen. In einem anderen Raum befanden sich uralte Bücher in Vitrinen.

Im Innenhof strich Jannis mit der Hand über große alte Weinfässer und Amphoren. Das Kloster war für selbst hergestellten Wein und Olivenöl weithin bekannt.

Am eindrucksvollsten aber war die Kirche von Agia Triada in der Mitte des Hofes. Wie stets seit Agdas Tod, entzündete Jannis auch an diesem heiligen Ort eine Kerze und nahm sich einen Moment Zeit, um an sie zu denken.

Als er wieder nach draußen ging, blendete ihn das Tageslicht und er setzte seine Sonnenbrille auf. Auf dem Weg zum Ausgang kam er an einem ganz besonderen Baum vorbei. Ein Orangenbaum, der zusätzlich Limonen, Zitronen und Mandarinen trug. Man mochte es kaum glauben, wenn man es nicht mit eigenen Augen gesehen hätte. Nike war der Meinung, dass Gott da wohl seine Finger im Spiel gehabt haben musste und zeigen wollte, dass alles, so unterschiedlich es auch sein mochte, friedlich zusammen leben konnte. Jannis war zwar sehr beeindruckt von der Vorstellung seiner Tochter, tatsächlich waren die Zitrusfrüchte aber aufgepfropft worden. Doch das schmälerte nicht das Erstaunen und die magische Stimmung, die von diesem Baum ausging.

Jannis bemerkte, dass das Handy in der Hemdtasche vibrierte und nahm es schnell heraus. Es war Elena. Er drückte sie weg und machte das Handy aus. Hier wollte er nicht telefonieren. Jannis verließ das Kloster, ging zurück zum Auto und wählte Elenas Nummer.

„Habe ich dich gestört?“, fragte Elenas.

„Du störst nie“, antwortete Jannis. „Was ist denn?“

„Ich glaube, ich habe etwas herausgefunden." Er hörte ihrer Stimme an wie aufgeregt sie war. „Soll ich zu dir aufs Präsidium kommen? Ich bin relativ in der Nähe."

„Wo bist du denn?"

„Im Kloster Agia Triada."

„Was machst du denn da?", fragte sie überrascht.

„Urlaub?"

Elena lachte verlegen. Beinahe hätte sie vergessen, dass Jannis eigentlich auf Kreta war, um Urlaub zu machen und sich zu erholen. Fast hatte sie ein schlechtes Gewissen, dass er so viel Zeit damit verbrachte ihr zu helfen. „Ich habe einen anderen Vorschlag. Ich muss hier mal raus. Seit Stunden sitze ich vor dem Laptop und meine Augen brennen schon. Hast du Lust auf einen Spaziergang?"

„Gerne, wo denn?"

„Wie wäre es am Strand von Stavros? Ich könnte ungefähr in einer halben Stunde da sein."

Er stimmte zu und sie vereinbarten einen Treffpunkt.

Jannis sah auf die Uhr. Er würde etwa fünfzehn Minuten bis dahin brauchen. Um die Zeit sinnvoll zu nutzen, kaufte er in dem klostereigenen Laden eine große Flasche original Agia-Triada-Olivenöl.

Dann machte er sich auf den Weg nach Stavros.

49

Jannis traf vor Elena am Strand von Stavros ein. Er stieg aus dem Wagen und betrachtete die malerische fast kreisförmige Bucht. Seichtes, kristallklares Wasser lud zum Schwimmen ein. Am gegenüberliegenden Ufer erhob sich ein massiver Berg, der in den 60er Jahren als Filmkulisse gedient hatte, als hier der Roman *Alexis Sorbas* von Nikos Kazantzakis, dem berühmtesten Schriftsteller Griechenlands, verfilmt worden war. Darin tanzt Anthony Quinn als Sorbas den Sirtaki, der jedoch kein traditioneller griechischer Volkstanz ist. Er entstand vielmehr aus einer Mischung der Tänze Chasapiko und Sirtos, um dem Schauspieler das Tanzen zu erleichtern. Seit dem wird der Sirtaki auf der ganzen Welt mit Begeisterung getanzt.

Als Elena ankam und neben ihm parkte, zog Jannis gerade seine Schuhe aus und krempelte die Hose hoch.

„Das ist eine gute Idee", begrüßte ihn Elena, stieg aus ihren hohen Pumps und stopfte sie in ihre Tasche, in die immer noch etwas hinein passte.

Sie hatte die blonden Haare zu einem Zopf gebunden und sich einen Strohhut gegen die brennende Mittagssonne aufgesetzt.

Barfuß rannten Jannis und Elena über den glühenden Sand zum Meer und liefen durch das kühlende Wasser der auslaufenden Wellen. Elenas makellos rot lackierte Fußnägel leuchteten. Beide genossen schweigend die Erfrischung. Dann zeigte Jannis auf eine große Zeder. „Sollen wir dort in den Schatten gehen?" Er war neugierig, was Elena herausgefunden hatte.

Unter dem Baum setzten sie sich in den feinen Sand. Elena kramte in der großen Ledertasche und holte eine Akte heraus, sie entnahm einen Zettel und gab ihn Jannis. Es war eine Mail an Michalis, die sie ausgedruckt hatte.

„Die E-Mail ist von dem Tag, an dem Michalis ermordet wurde", stellte Jannis fest, als er das Papier las. Elena nickte und strich sich eine Haarsträhne hinter das Ohr. „Richtig. Sieh dir die Uhrzeit an. Ich bin mir sicher, das war der Grund, weshalb sich Michalis Laune auf der Party schlagartig verschlechtert hatte." Elena kaute aufgeregt auf der Unterlippe. „Eigentlich wollten sie den Geschäftsabschluss feiern, und dann das."

... muss ich Ihnen leider mitteilen, dass Falassarna eine bedeutende Ausgrabungsstätte ist und ein Hotel in dieser Größenordnung dort nicht möglich ist. Deshalb muss ich die Baugenehmigung zurückziehen", las Jannis laut vor. Das Wort *zurückziehen* machte ihn stutzig. „Scheinbar hatte Michalis die Genehmigung schon erhalten?", sagte er zu Elena.

„So verstehe ich es auch. Deshalb hatten sie bestimmt auch gefeiert. Diese Genehmigung bedeutete sehr viel Geld für jeden der drei Freunde. Doch wieso wurde die Erlaubnis dann wieder zurückgezogen? Zu einer Uhrzeit, zu der kein normaler Beamter mehr arbeitet."

Jannis zuckte mit den Schultern. „Das sollten wir den Baubeauftragten fragen."

„Vielleicht sollten wir erst einmal mit dem Arzt reden." Sie zog ihr Handy aus der Tasche und wählte Alexandros Telefonnummer. Dann nahm sie ihren Strohhut und fächelte sich damit Luft zu. Die Hitze war fast unerträglich.

Bereits beim zweiten Klingeln meldete sich der Arzt.

„Alexandros Karagounis"

„Elena Dermitzaki hier."

Elena stellte das Telefon auf Lautsprecher, damit Jannis das Gespräch mithören konnte.

„Haben Sie Selma gefunden?"

„Nein, leider haben wir noch immer keine Information darüber, wo sie sich aufhält. Allerdings haben wir auch keinen Hinweis, dass ihr etwas zugestoßen sein könnte", sagte Elena mitfühlend. Der Arzt schien sich ehrliche Sorgen um die junge Schwedin zu machen.

„Weshalb rufen Sie dann an? Ist noch jemand ermordet worden?"

„Nein. Wir haben erfahren, dass Michalis, Philipos und Sie ein gewaltiges Projekt planten. Sie wollten ein riesiges Hotel in Falassarna bauen?"

„Ja, wir hatten alle Pläne fertig. Es sollte ein Hotel mit über hundert Zimmern werden, einen luxuriösen Spa-Bereich beherbergen und selbstverständlich ein exklusives Restaurant. Wochenlang hatte Michalis nach Geldgebern gesucht und immer wieder mit dem Architekten die Pläne besprochen. Als letztes stand noch die Baugenehmigung aus, die Michalis an dem Tag, an dem wir die Party machten, erhalten hatte. Das war ein guter Grund zum Feiern."

Elena und Jannis sahen sich irritiert an. Wusste Alexandros

nichts von der Absage? Elena fragte nach. „An dem Abend ihrer Party wurde die Genehmigung zurückgezogen. Hat Michalis Ihnen das nicht gesagt?"

Der Arzt wirkte ehrlich erstaunt. „Nein, davon habe ich nichts gewusst." Er dachte kurz nach. „Deshalb hatte Michalis auf einmal so schlechte Laune bekommen."

„Ja, wahrscheinlich", bestätigte Elena seine Vermutung. „Wieso hatte er Ihnen und Philipos nichts davon gesagt?"

„Wir waren zwar Geschäftspartner, aber Michalis kümmerte sich um fast alles. Am liebsten arbeitete er allein. Er verließ sich nie auf andere."

„Auch nicht auf Sie?"

„Nicht, was das Berufliche anging. Das Immobiliengeschäft war ja sein Spezialgebiet und nicht unseres."

„Und was war, nachdem er tot war? Wollten Philipos und Sie das Geschäft weitermachen?"

Der Arzt nickte. „Ich wollte zuerst nicht, aber Philipos hat dann das Zepter übernommen und gemeint, wir würden es auch ohne Michalis schaffen."

„Und jetzt, wo auch Philipos tot ist?"

Alexandros machte eine kurze Pause. „Hören Sie, ich bin Arzt. Ich bin immer an einem lukrativen Geschäft interessiert, aber ich war froh, dass andere sich um die Abwicklung gekümmert haben."

Elena bedankte sich für das Gespräch und versprach, weiter nach Selma zu fahnden. Doch sie bemerkte, dass dem Arzt noch etwas anderes auf dem Herzen lag. „Kann ich noch etwas für Sie tun?", fragte sie deshalb.

Alexandros druckste herum. „Ich habe das Gefühl, dass ich verfolgt werde. Und nicht von ihrem Personenschutz." Leicht verärgert fügte er hinzu: „Den kann ich zuweilen nicht entdecken."

Elena wunderte sich. „Wir haben den Personenschutz für sie nicht aufgehoben. Sie werden immer noch 24 Stunden, rund um die Uhr überwacht. Wieso glauben Sie, dass Sie verfolgt werden?"

„Ich höre Schritte hinter mir. Ich sehe Schatten. Dinge stehen plötzlich an einer anderen Stelle." Wie man seiner Stimme anmerken konnte, hatte Alexandros Angst.

Elena versuchte ihn zu beruhigen. „Es ist alles in Ordnung. Es kann Ihnen nichts passieren. Es ist immer ein Polizist in der Nähe, der auf Sie aufpasst. Auch wenn Sie ihn nicht sehen."

Zufrieden war Alexandros mit dieser Antwort nicht. „Ich werde die Augen offenhalten."

Dann beendeten sie das Telefonat, und Elena schaute Jannis erschrocken an. „Jannis, unser Mörder läuft immer noch frei herum. Nicht dass er versucht, auch noch den letzten der drei Freunde zu ermorden?"

Jannis hatte ähnliche Gedanken und machte sich ebenfalls Sorgen. „Wir müssen den Täter finden – und zwar schnell!" Gedankenversunken starrte er auf den Berg auf der anderen Seite der Bucht. „Frag doch vorsichtshalber nach, was mit dem Überwachungsschutz los ist. Sie sollten auf keinen Fall nachlässig werden. Alexandros könnte wirklich in großer Gefahr sein", bat er Elena.

Elena nickte zustimmend. „Mach ich. Und jetzt werde ich auf das Bauamt fahren. Vielleicht treffe ich dort den Bauleiter. Möchtest du mitkommen?"

„Lass mal", wehrte Jannis grinsend ab. „Das schaffst du schon allein."

Elena lachte. „Na, das hoffe ich doch."

„Ich wollte noch einmal nach Chania fahren und mich ein wenig im Hafen umhören."

„Gute Idee."

„Darf ich dich denn heute Abend ins *Mylos* einladen?" In dem Moment, als er die Frage gestellt hatte, bereute er sie schon fast wieder. Das war Elena vielleicht zu privat. Bis jetzt hatten sie sich nur zu geschäftlichen Essen getroffen.

„Sehr gerne", antwortete Elena und strahlte. Jannis wusste nicht was größer war, die Überraschung oder die Freude über die schnelle Zusage.

50

Als die Sonne langsam unterging, trafen sich Elena und Jannis im *Mylos*. Elenas Anblick verschlug dem pensionierten Kommissar die Sprache. Sie hatte ein langes blaues Kleid an, das ihre perfekte Figur betonte. Unwillkürlich strich Jannis sich über den Bauch und haderte mit den überschüssigen Kilos. Elenas blonde Haare fielen in kleinen Locken bis auf die Schulter.

„Du siehst bezaubernd aus", flüsterte Jannis. Im ersten Moment etwas irritiert, freute sich Elena jedoch sehr über das Kompliment. Sie setzten sich an einen kleinen Tisch, und Dimitri kam zu ihnen, um die Bestellung aufzunehmen.

„Ich kann euch das Pastizio empfehlen. Maria hat es heute Morgen gemacht. Es ist köstlich." Dimitris Mutter war 89 Jahre alt und die gute Seele der Küche. Keiner machte den griechischen Nudelauflauf so gut wie sie. Hin und wieder, wenn es ihre Gesundheit zuließ, kam sie schon morgens in die Küche und bereitete in Ruhe die jeweiligen Tagesgerichte zu. Elena war begeistert und bestellte eine Portion. Jannis entschied sich für einen fangfrischen Oktopus. Dazu bestellte er den roten Hauswein, Elena nahm ein Viertel Weißwein und ein Soda.

„Ich war beim Bauamt. Leider war Herr Pardalakis nicht mehr da. Die Arbeitszeiten möchte ich haben", begann Elena und zupfte die Tischdecke zurecht. „Seine Sekretärin hat mir direkt für morgen Früh einen Termin bei ihm eingetragen."

„Sehr gut", sagte Jannis. „Ich habe bei den Fischern leider auch kein Glück gehabt. Ich werde es morgen erneut versuchen."

Elena nickte zustimmend.

„Hast du den Personenschutz für den Arzt überprüft?"

„Ja, der besteht nach wie vor. Und keinem der Kollegen ist etwas Verdächtiges aufgefallen."

„Vielleicht bildet sich Alexandros das auch nur ein", überlegte Jannis. „Er hat in den letzten Tagen viel erlebt und macht sich bestimmt große Sorgen. Da kann einem der Verstand schon mal einen Streich spielen."

„Hoffentlich hast du Recht."

In dem Moment brachte der Kellner die Vorspeisen. Für Jannis einen gegrillten Feta und für Elena einen Saganaki, über den sie etwas Zitronensaft träufelte.

„Mh", machte Jannis, als er das kleine Alupäckchen öffnete und ihm der Duft kretischer Kräuter in die Nase stieg. *„Kalí órexi!"*, sagte Dimitri im Vorbeigehen. Die Taverne war wie immer sehr gut besucht, das Essen war einfach fantastisch. Alles wurde frisch und mit viel Liebe zubereitet.

Elena und Jannis ließen die Arbeit für heute ruhen und unterhielten sich über ihre Hobbys. Dabei fanden sie noch mehr Gemeinsamkeiten. Auch Elena schnorchelte gerne und wanderte häufig in den Bergen. Als das Hauptgericht kam, waren sie gerade dabei, eine gemeinsame Tour durch eine Schlucht in den Weißen Bergen zu planen. Elena und Jannis verstanden sich gut und lachten viel miteinander.

Als es ein wenig leerer im *Mylos* wurde, setzte sich Dimitri zu ihnen. „Ich habe gerade mit Elefteria telefoniert. Panaiotis geht es besser. Er ist nach wie vor auf der Intensivstation, und es wird auch noch einige Zeit dauern, aber er wird es schaffen."

Elena und Jannis freuten sich. Wenn das kein Grund zum Feiern war.

„Raki!", rief Jannis. Da bemerkte er die drei Hunde an der Straßenseite und zeigte auf sie. „Die drei sind richtig clever", lachte er. Dimitri nickte zustimmend. „Allerdings."

„Du kennst sie?"

„Oh ja, das sind *die drei Freunde.*

Jannis schaute Dimitri fragend an.

„Sie werden von mir nur *die drei Freunde* genannt. Sie sind immer zusammen. Der Kleine ist sehr schlau, der Große verteidigt die Gruppe und der Dritte ist niedlich und weiß das. Wenn jemand Leckerchen von den Touristen abstaubt, dann er." Sie lachten. Dimitri deutete auf den Platz hinter seinem Grill. „Dort treffen sie sich abends, wenn alle Gäste weg sind und bekommen die Essensreste, die sie sich mit ein paar Katzen teilen."

„Du hast ein gutes Herz", meinte Elena und warf ihm eine Kusshand zu. Sie wippte im Takt der griechischen Musik. „Mach doch mal lauter", rief sie fröhlich. Während der Kellner die Musik lauter stellte, räumte Dimitri geschwind ein paar Stühle und Tische zur Seite und hakte Elena ein. „*Èla*, Elena." Schnell zog Elena ihre hohen Schuhe aus, und sie begannen eine Runde zu tanzen. Jannis lachte und wurde bei der nächsten Runde aufgefordert.

Daphne und Sifis von der Keramikstube nebenan hatten gerade ihr Geschäft geschlossen und kamen für einen Drink ins *Mylos*. Sie wurden sofort eingeladen mitzutanzen. Das ließen sie sich nicht zweimal sagen, und so tanzten sie alle zusammen in einem großen Kreis durch die Taverne. Nach einigen Runden ließen sie sich erschöpft auf die Stühle fallen.

„Raki!", brüllte dieses Mal Dimitri.

„Ich brauche ein Wasser!", rief Elena lachend dem Kellner hinterher.

Der alte Sakis holte eine alte Lyra aus der Stube der Taverne. Er setzte sich auf die Treppe und begann tragisch schön zu spielen. Die dreisaitige, gebogene Lyra war ein traditionelles kretisches Musikinstrument. Das Holz, aus dem sie hergestellt worden war, verberge – so hieß es – Geheimnisse und Erinnerungen aus früherer Zeit. Je älter das Holz, desto wertvoller die Lyra. Mit ihrem Klang drückten die Kreter ihre Wut, ihre Trauer und ihren Kampf für die Freiheit aus. Heute feierten sie allerdings die Leichtigkeit des Lebens.

Elena und Jannis genossen diesen besonderen Abend.

„Was ist denn hier los?", fragte Kostas, der seine Bar gerade geschlossen hatte und durch die Musik angelockt worden war.

„Wir feiern!", rief Jannis außer Atem.

„Und was?", fragte Kostas erstaunt.

„Das Leben", erklärte Elena und hakte sich bei Kostas ein. „Man lebt nur einmal, weißt du?"

„Nein, nein“, erwiderte Kostas mit einem Augenzwinkern. „Man lebt jeden Tag – man stirbt nur einmal.“

Und so feierten sie das Leben noch fast die ganze Nacht.

51

Mit einer dunklen Sonnenbrille ausgerüstet, lief Elena die Stufen zum Bauamt hoch. Viel Schlaf hatte sie letzte Nacht nicht bekommen. Sie konnte sich nicht erinnern, wann ihr das zum letzten Mal passiert war. Normalerweise beschränkten sich solche Abende auf das Wochenende, doch gestern war es einfach zu schön gewesen. Bei dem Gedanken an den fröhlichen Abend und an Jannis lächelte sie. Dafür straften sie nun allerdings ein furchtbarer Kopfschmerz und dunkle Augenringe, die sich kaum mit Schminke überdecken ließen.

Elena ging den Flur des Amtes entlang, bis sie vor dem Büro von Pardalakis stand. Sie klopfte kurz an und trat ein.

In der Mitte des Zimmers befand sich ein großer, schwerer Schreibtisch, überladen mit Akten und Papieren. Elena dachte immer, ihr Schreibtisch sei voll, doch dieser übertraf ihn bei weitem.

In der Mitte des Tisches stand ein Laptop, hinter dem sich der Baubeauftragte zu verstecken schien.

„Herr Pardalakis?“

„Ja!“

„Mein Name ist Elena Dermitzaki, von der Polizei.“

„Bitte setzen Sie sich“, sagte Pardalakis ohne hochzuschauen.

Elena setzte sich auf den Besucherstuhl und wartete höflich. Neugierig schaute sie sich in dem Zimmer um. Es war sehr karg eingerichtet. An den Wänden hingen zwei Fotos. Das eine zeigte eine Bergziege auf einem Felsen, das andere die Insel Agii Theódori. In dem großen Regal stand neben viele Ordnern und Akten eine vollgestaubte vertrocknete Pflanze.

Dann klappte Pardalakis seinen Laptop zu und schaute sie

an. „Entschuldigen Sie, aber die Mail musste unbedingt noch raus."

Elena nickte verständnisvoll. „Sieht aus als wären Sie sehr beschäftigt", sagte sie und zeigte auf den Papierstapel auf dem Schreibtisch.

„Allerdings", bestätigte er eifrig. „Mein Kollege ist gerade in Kur, und so muss ich seine Anträge mitbearbeiten. Doch nächste Woche ist er wieder da." Elena hatte das Gefühl, als würde sich der Beamte selbst Mut zusprechen. „Was kann ich denn für Sie tun?", fragte er schließlich. „Meine Sekretärin sagte mir, es gehe um eine Baugenehmigung?"

„Das stimmt. In erster Linie geht es aber um den Mord an Michalis Papadakis. Ich suche seinen Mörder."

Pardalakis hob die Hände. „Damit habe ich nichts zu tun. Ich kannte Michalis, aber ich habe ihn bestimmt nicht umgebracht."

„Das weiß ich", sagte Elena beschwichtigend. „Es geht um die Baugenehmigung, die Sie ihm erteilt haben."

„Wofür?", fragte der Baubeauftragte unschuldig.

„Für sein Luxushotel in Falassarna", half Elena ihm auf die Sprünge.

„Er hat keine bekommen", sagte Pardalakis verwundert.

„Da habe ich etwas anderes erfahren", antwortete Elena und beobachtete ihr Gegenüber genau. Sie vermutete stark, dass Pardalakis bestechlich war und die Genehmigung an den Höchstbietenden vergeben hatte. „Kennen Sie Vasilis Koloniakis?"

„Den Archäologen?"

Elena nickte zustimmend.

„Ja."

„Vasilis hat von Ihnen die Genehmigung für seine archäologischen Ausgrabungen erhalten."

„Das ist richtig", bestätigte Pardalakis. „Ist das nicht aufregend? Seit zig Jahren hat Falassarna keinen mehr interessiert. Wir sind alle sehr gespannt, was Vasilis mit seinem Team dort findet."

Elena stimmte ihm zu. „Ich begrüße es auch, dass die Ausgrabungen dort wieder aufgenommen worden sind." Sie machte eine Pause. „Doch eigentlich wollte Michalis Papadakis dort in der Nähe sein Hotel bauen."

„Richtig, aber er hat keine Genehmigung dafür bekommen. Wie sähe das denn aus? Ein riesiges Hotel an einer solch historisch einzigartigen Stätte."

Elena bemerkte winzige Schweißperlen auf Pardalakis Stirn. Er stand auf, lief zum Fenster und fuhr fort. „Das passt dort einfach nicht hin. Das habe ich ihm auch gesagt."

Elena zog einen Zettel aus ihrer großen schwarzen Tasche. Sie hatte bei der weiteren Überprüfung auf Michalis Laptop in dessen E-Mail-Postfach auch die erste Mail von Pardalakis gefunden. Darin hatte dieser Michalis die Genehmigung für den Bau erteilt. Elena hatte sie ausgedruckt und legte sie wortlos Pardalakis auf den Schreibtisch.

Der kleine Mann ging zu seinem Platz und setzte sich wieder. Er las die Mail, und Röte stieg ihm ins Gesicht. „Ja, das war ein Fehler", gab er kleinlaut zu. „In dem Moment war mir nicht bewusst, welche Folgen der Bau eines solchen Hotelkomplexes für Falassarna hätte."

„Deshalb haben Sie kurz darauf die Genehmigung auch zurückgezogen?",

„Genau", sagte Pardalakis erleichtert.

Doch Elena bedrängte ihn weiter. „Wieso dachten Sie plötzlich anders über den Hotelbau? Ihr Sinneswandel vollzog sich in nicht einmal vierundzwanzig Stunden. Was hatte ihn ausgelöst?"

„Ich sagte doch bereits, dass ich mir erst dann Gedanken über die Auswirkungen gemacht hatte."

„War Vasilis an diesen Überlegungen Schuld?"

„Auch." Pardalakis zuckte mit den Schultern. „Er machte mich auf die enorme historische Bedeutung aufmerksam."

Elena bemerkte, dass dem Mann das Thema sichtlich unangenehm war und entschied sich für die direkte Konfrontation. „Wieviel hat Vasilis Ihnen dafür bezahlt?"

Pardalakis Körpersprache verriet ihr, dass sie ins Schwarze getroffen hatte.

Nervös antwortete er: „Da müsste ich nachsehen. Die normale Gebühr für eine Ausgrabung."

„Und wieviel hat er Ihnen zusätzlich bezahlt?"

Pardalakis zuckte kaum merklich zusammen. „Wie meinen Sie das?"

„Vasilis hat Ihnen Geld gegeben, damit Sie *ihm* die Bescheinigung ausstellen – und nicht Michalis."

Der Baubeauftragte versuchte sich aufzurichten. „Sie wollen mir unterstellen, dass ich Bestechungsgelder angenommen habe?"

„Das haben Sie gesagt."

Es entstand eine unangenehme Pause.

Elena brach sie zuerst. „War es so?"

„Natürlich nicht!", sagte Pardalakis entrüstet.

„Herr Pardalakis. Ich kann mir auch Ihr Konto anschauen."

„Das können Sie gerne machen. Da werden Sie nichts finden."

Elena war sich sicher, dass auf seinem Konto kein Geldbetrag eingegangen war. Solche Gelder wurden bar bezahlt, allerdings mussten sie irgendwo herkommen.

„Und danach werde ich mir Vasilis Konto genauer anschauen. Ich gehe davon aus, dass dort eine große Barabhebung getätigt wurde."

Pardalakis zuckte mit den Schultern.

Elena versuchte es nun wieder freundlicher. „Herr Pardalakis, mich interessieren momentan keine Bestechungsgelder. Selbstverständlich heiße ich es nicht gut, aber in diesem Fall ist es mir egal. Meiner Meinung nach hat jetzt der Richtige die Genehmigung bekommen, und ich denke, dass Sie das nie wieder machen werden." Sie schaute ihn durchdringend an.

Erneut entstand eine unangenehme Pause.

„Im Moment möchte ich den Mörder von Michalis und Philipos finden. Helfen Sie mir dabei und ich werde das hier nicht weiter verfolgen."

Pardalakis sackte erschöpft in sich zusammen.

Elena fuhr fort. „Michalis hatte Ihnen Geld für die Genehmigung zum Bau des Hotels gezahlt, oder? Sonst hätten Sie diese Erlaubnis doch nie erteilt."

Pardalakis nickte stumm.

„Aber Vasilis hat Ihnen noch mehr gegeben?"

Erneut nickte Pardalakis. Dann erklärte er leise: „Das stimmt. Ich habe noch nie Bestechungsgelder genommen. Ich bin ein ehrlicher Mensch, das müssen Sie mir glauben. Aber es war zu verlockend." Hilflos zuckte er mit den Schultern. „Außerdem wurde mir mein Fehler bewusst. So konnte ich ihn wenigstens rückgängig machen."

„Und ein zweites Mal Geld kassieren?"

„Ich hätte Michalis seine ... *Gebühr* ... natürlich zurückgezahlt."

Elena bezweifelte das sehr, sagte jedoch nichts dazu. Sie fasste zusammen: „Also, Sie haben Michalis gegen Geld die Erlaubnis für das Hotel erteilt und Vasilis eine Absage. Dann hat Vasilis Ihnen noch mehr Geld geboten, und Sie bekamen ein schlechtes Gewissen wegen der bedeutungsvollen historischen Stätte. Deshalb haben Sie Michalis die Genehmigung wieder entzogen."

Pardalakis schaute schuldbewusst auf seinen Schreibtisch. „Ja, so war es", sagte er müde. Dann schaute er Elena direkt in die Augen. „Ich bin kein schlechter Mensch. Bitte glauben Sie mir, ich werde so etwas nie wieder machen."

Elena hoffte, dass er die Wahrheit sagte. Sie stand auf und verabschiedete sich. „Vielen Dank für Ihre Zusammenarbeit.", sagte sie förmlich.

52

Als Elena aus dem Bauamt ins Freie trat, stach das beißende Sonnenlicht sie in den Augen. Der Kopfschmerz meldete sich sofort zurück, und sie setzte ihre Sonnenbrille auf.

Dafür, dass sie ziemlich übermüdet war, war der Termin mit Pardalakis sehr gut verlaufen. Sie hatte alles erfahren, was sie wissen wollte. Besser gesagt, er hatte ihr bestätigt, was sie bereits vermutet hatte.

Elena war sich sicher, dass Pardalakis kein schlechter Mensch war. Sie hatte ihm angemerkt, dass er sein Verhalten ehrlich bereute und würde die Sache mit dem Bestechungsgeld auf sich beruhen lassen. Es wäre noch interessant gewesen zu wissen, um wieviel Geld es sich gehandelt hatte. Michalis war bestimmt sehr weit gegangen, um sein Vorhaben durchzusetzen. Geld ist eine Versuchung, der nicht jeder widerstehen kann.

Elena nahm das Handy aus ihrer Tasche und wählte Jannis Nummer. Sie war stolz, ihm die Neuigkeit berichten zu können und freute sich, seine Stimme zu hören.

53

„Ohje, nicht schon wieder!" Jannis wachte mit heftigen Kopfschmerzen auf. Sein Handy klingelte erbarmungslos und hatte ihn aus einem sehr tiefen Schlaf gerissen. Müde griff er nach seinem Telefon und schaute auf das Display. *Elena*. Mit einem Schlag war er hellwach. Er räusperte sich und nahm das Gespräch an. „*Kaliméra* Elena!"

„*Kaliméra* Janni. Bist du schon wach?"

Jannis lachte. „Jetzt ja."

„Ich war gerade bei Pardalakis, dem Baubeauftragten."

Jannis schaute erschrocken auf seine Uhr. „Da warst du schon?" Elena hörte sich kein bisschen müde an. Dabei hatten sie zusammen bis spät in die Nacht, besser gesagt bis früh in den Morgen gefeiert.

Elena fuhr eifrig fort. „Natürlich. Und es ist genauso wie wir vermutet haben."

Jannis versuchte sich zu konzentrieren und ging auf den Balkon, um frische Luft zu schnappen. „Erzähl!"

„Also, zunächst hatte Michalis Pardalakis Geld gezahlt, um die Baugenehmigung für das Hotel zu bekommen. Doch dann hat Vasilis ihm noch mehr Geld geboten, damit er die Genehmigung wieder zurücknimmt und stattdessen ihm die Erlaubnis erteilt, dort seine Ausgrabung durchzuführen."

„Dann hat er ja gleich zweimal abkassiert.", unterbrach Jannis sie überrascht.

„Richtig." Elenas Stimme klang sehr aufgeregt. „Er bekam zweimal Geld. Da Vasilis es geschafft hatte, ihn von der Wichtigkeit der Ausgrabung zu überzeugen, hat er Michalis die Genehmigung wieder entzogen."

„Und das war der Grund für Michalis schlechte Laune." Plötzlich war Jannis hellwach. Auf einmal ergab alles einen Sinn. „Das hat Pardalakis zugegeben? Einfach so?"

Er konnte förmlich sehen, wie Elena am anderen Ende grinste. „Naja, nicht einfach so, aber er hat es zugegeben. Wir werden seinen Bestechungsversuch auch nicht polizeilich verfolgen."

Jannis verstand. Elena hatte einen Deal mit ihm ausgehandelt. „Super! Das hat uns einen großen Schritt weitergebracht."

Es folgte ein kurzes Schweigen. „Wusste Vasilis eigentlich von dem geplanten Hotelbau?"

Elena überlegte. „Davon ist auszugehen."

„Dann sollten wir uns Vasilis mal vornehmen."

„Das denke ich auch."

„Ich mache mich jetzt fertig. Sollen wir uns auf dem Präsidium treffen?"

„Was heißt, du machst dich jetzt fertig? Willst du mir etwa erzählen, dass du noch im Bett liegst? Du musst mal früher schlafen gehen." Elena lachte in das Telefon.

„Ich habe Urlaub", sagte Jannis gequält und musste ebenfalls lachen.

„Bis gleich, Janni!"

54

Jannis machte sich einen starken Kaffee und ging zurück auf den Balkon. Die Sonne stand bereits hoch am Himmel, es war schon sehr heiß. Er blickte auf das spiegelglatte Meer, das ihn förmlich zum Schwimmen einlud.

Doch Jannis widerstand der nassen Versuchung. Danach wäre er zwar mit Sicherheit wieder richtig wach und fit gewesen, aber er wollte möglichst schnell ins Präsidium fahren. Während er den Kaffee trank, schaute er über den Strand. Sein Blick blieb an der Insel Agii Theodori hängen. Nach dem verschlafenen Vormittag schien es doch noch ein interessanter Tag zu werden.

Unter ihm hörte er den Rasensprenger seine Arbeit verrichten, während vor ihm zwei kleine Vögel in der Luft tanzten und fröhlich zwitscherten.

Jannis nahm einen großen Schluck Kaffee und dachte an die letzte Nacht. So viel Spaß hatte er schon lange nicht mehr. Elena war eine attraktive Frau, sie war schön, intelligent und voller Lebensfreude. Sie hatten viel zusammen gelacht, getanzt und getrunken.

Als der Kaffee Wirkung zeigte, bemühte sich Jannis, sich wieder auf den Fall zu konzentrieren. Er spürte, dass sie der Lösung sehr nah waren.

Jannis war wütend auf den korrupten Pardalakis. Leider würde es immer wieder Menschen geben, die für Geld alles machten. Er fragte sich, wie hoch die Summe war, die Vasilis zahlen musste, um die Genehmigung zu bekommen. Weiter überlegte er, ob der Archäologe gewusst hatte, dass Michalis dort ein Hotel bauen wollte." Er wuschelte durch sein Haar. Diese Frage war für ihn von großer Bedeutung.

Vasilis war schon ein schräger Typ, der sehr von sich überzeugt war. Für Jannis Empfinden ein wenig zu sehr. Er entsprach nicht seinen Vorstellungen von einem seriösen Archäologen.

Plötzlich erinnerte er sich wieder an die Münze, die Vasilis als Talisman immer bei sich hatte. Er versuchte sich vorzustellen, was auf der Münze abgebildet war. Er hatte die Abbildung genau vor Augen, konnte aber nicht sagen was sie darstellte. Dann fiel ihm schlagartig ein, wo er sie bereits schon einmal gesehen hatte: Im Museum von Chania vor ein paar Tagen.

Jetzt wollte Jannis sofort nach Chania. Es war vollkommen klar, dass er so schnell wie möglich herausfinden musste, was diese Abbildung darstellte. Schnell sprang er unter die Dusche, zog sich ein frisches Hemd und eine dünne Stoffhose an und stieg dann in seinen kleinen roten Panda, den er glücklicher Weise im Schatten unter den Bäumen geparkt hatte.

55

Jannis fuhr an der Küste entlang nach Chania. Dort ging er sofort zum Archäologischen Museum, zahlte den Eintritt und schaute sich sorgfältig in den Ausstellungsräumen um. Schnell fand er die gesuchte Amphore. Tatsächlich war auf ihr das gleiche Bild zu sehen, das auf Vasilis Münze war. Er las den Text dazu: „*Der Riese Talos mit einem Felsbrocken in der Hand.*“ Jannis kannte sich zwar gut mit der griechischen Mythologie aus, doch von einem Talos hatte er noch nie gehört. Er ging zurück zum Eingang und sprach die junge Frau an der Kasse an. „Entschuldigung. Ich habe auf einer Amphore *Talos den Riesen* gesehen. Können Sie mir mehr dazu sagen?“

„Natürlich, gerne“, freute sie sich. Nicht sehr viele Besucher kamen in das Museum. Und selten wurde sie etwas gefragt. Es war schön, wenn sich jemand für die antiken Schätze interessierte. Gemeinsam ging sie mit Jannis zu der Amphore.

„Also, das ist Talos. Ein bronzener Riese, ein kretischer Heros in der griechischen Mythologie. Er wurde wahrscheinlich von Zeus zum Schutz der Europa auf die Insel gebracht. Talos liebte Kreta sehr und verteidigte es auf seine Weise.

Sehen Sie den Felsbrocken, den er in der Hand hält?", fragte sie Jannis und deutete auf die Abbildung.

Jannis sah etwas, das einem großen Stein ähnelte.

„Dreimal täglich umkreiste Talos Kreta. Immer wenn Schiffe sich näherten, nahm er große Felsbrocken und schleuderte sie auf die Angreifer. Das war seine Art, die Insel zu verteidigen."

Nach einer kurzen Pause fuhr sie fort. „Sollte es doch einer geschafft haben, die Insel zu betreten, erhitzte sich der Riese bis er glühte und umarmte den Angreifer, um ihn zu verbrennen."

Gespannt hörte Jannis der auskunftsfreudigen Frau zu.

„Talos verdankte seine Lebendigkeit einem vom Kopf bis zur Ferse verlaufenden sogenannten Blutkanal, der am unteren Ende mit einem Nagel verschlossen war. Die Zauberin Medea tötete Talos schließlich, indem sie den Bronzenagel entfernte und er verblutete.

„Ein schöner Mythos. Sie kennen sich gut aus."

Die junge Frau freute sich sichtlich über Jannis Lob. „Ob das alles genau so stimmt, kann ich Ihnen nicht sagen. Wie bei allen Mythen gibt es mehrere Versionen. Doch das ist die bekannteste. Manche sagen, dass Talos der erste Roboter war. Durch ihre hoch entwickelte Kultur soll es den Minoern möglich gewesen sein, diesen Bronzehelden zu bauen. Ist das nicht spannend?"

„Allerdings!" Jannis war fasziniert und hätte ihr noch stundelang zuhören können.

„Kann ich Ihnen sonst noch etwas erklären?", fragte sie hilfsbereit.

Jannis schüttelte den Kopf. Er bedauerte, dass er keine Zeit hatte, sich weiter mit ihr zu unterhalten. Er nahm sich vor, das in den nächsten Tagen nachzuholen. Doch nun musste er dringend zu Elena ins Präsidium.

„*Efcharistó polí!* Vielen Dank für Ihre kompetente Erklärung."

Jannis Hirn arbeitete auf Hochtouren. Plötzlich ergab alles

einen Sinn. Er verließ hastig das Museum, und während er zu seinem Auto lief, rief er Elena an. „Jássou! Ich bin's."

„Janni? Ist alles in Ordnung?"

„Ja, Elena, ich bin bereits in Chania. Ich komme jetzt ins Präsidium. Wir müssen sofort nach Falassarna fahren. Es wäre besser, wenn wir dein Auto nehmen. Hast du Zeit?"

„Natürlich, aber wieso?"

Jannis überlegte kurz, ob er Elena von seiner Vermutung berichten sollte. Er entschied sich aber dagegen, da er bereits von heftigem Seitenstechen geplagt wurde.

„Erzähl ich dir auf dem Weg" prustete Jannis inzwischen völlig außer Atem. Die letzte Nacht machte sich nun doch deutlich bemerkbar.

56

Kurze Zeit später saßen Elena und Jannis in einem Polizeiauto und fuhren zügig durch Kolimbari Richtung Falassarna.

Jannis begann aufgeregt zu erklären: „Vasilis hat Michaelis und Philipos umgebracht. Wir hatten ja nach deinem Gespräch mit Pardalakis heute Morgen schon die Vermutung, aber jetzt weiß ich es genau."

Elena nickte und sagte: „Das stimmt, aber wieso bist du dir plötzlich so sicher?"

„Weil Vasilis sich für Talos hält."

Elena war anzusehen, dass sie keine Ahnung hatte, wer Talos war und was es mit ihm auf sich hatte. Jannis erzählte ihr, was er im Museum in Chania über diese mythologische Gestalt erfahren hatte. „Das war ein bronzener Riese, der versuchte Kreta zu beschützen, indem er mit Felsbrocken nach Schiffen warf, die die Insel bedrohten."

„Die Steinmännchen!", rief Elena aufgeregt.

„Ganz genau. So wie Talos sich dem Mythos nach mit Steinen gegen alle Angreifer Kretas gewehrt hatte, so hat sich auch Vasilis mit Steinen gegen all die Menschen gewehrt, die er als Bedrohung wahrgenommen hat."

„Also muss er von dem Hotelprojekt gewusst haben."

„Ganz bestimmt. Auch wenn er die Genehmigung bekommen hatte, blieb Michalis eine Bedrohung für ihn und seine Ausgrabung. Denn er wusste nur zu genau, wie korrupt Pardalakis war. Was, wenn Michalis ihm noch deutlich mehr Geld bieten würde. Das wäre für Michalis mit seinem Vermögen kein Problem gewesen. Aber für Vasilis hätte es den finanziellen Ruin bedeutet." Jannis machte eine kurze Pause. „Und, was noch dazukommt und für Vasilis vielleicht noch schlimmer gewesen wäre, er hätte nicht nach seinem Schatz suchen dürfen. Kein Reichtum, kein Ruhm!" Jannis Erklärung war einleuchtend.

„Doch wir haben keine Beweise", murmelte Elena.

„Nein, dazu ist Vasilis zu vorsichtig. Er hat jede Tat genau geplant und keine einzige Spur hinterlassen."

„Dann brauchen wir ein Geständnis von ihm."

„Oder wir müssen ihn überführen", sagte Jannis langsam und grinste.

57

Nach der letzten Kurve waren sie oben auf der Bergkuppe angekommen. Von hier aus hatte man einen guten Blick über Falassarna und die Westküste Kretas. Neben kleinen Felsbuchten mit weißem Sandstrand und dem türkisfarbenen Meer konnte man auch die zahlreichen Gewächshäuser sehen, in denen Tomaten angebaut wurden und in deren Glasdächern sich das Sonnenlicht spiegelte.

Bergab fuhr Elena die kurvenreiche Strecke etwas langsamer. Nachdem sie in Falassarna angekommen waren, verließen sie die ausgebaute Straße, und es ging auf einer Schotterpiste weiter.

„Gut, dass wir nicht mit meinem Panda hier sind“, lachte Jannis. Elena konzentrierte sich auf die Schlaglöcher des holprigen Wegs, da sie den Wagen nicht aufsetzten oder eine Reifenpanne riskieren wollte.

Die Ausgrabungsstätte lag ganz am Ende der Schotterpiste.

„Wir sind gleich da“, sagte Elena. Jannis nickte aufgeregt. Der Wagen wirbelte eine große Staubwolke auf und Steine knallten gegen das Blech.

Endlich kamen sie an eine Art Parkplatz, auf dem schon einige Fahrzeuge abgestellt worden waren. Elena hielt dort an, und sie stiegen aus. Die Ausgrabung war mit einem Zaun abgesperrt. Am Eingang zeigte Elena ihren Polizeiausweis, und sie durften weitergehen. Vorsichtig blieben sie auf dem schmalen Weg, um keine antiken Steine zu beschädigen. Kurz vor einem großen Felsen sahen die Ermittler einige Arbeiter und ein Zelt, das Schatten spenden sollte.

„Lass uns mal da rüber gehen“, meinte Jannis. Als sie näher kamen entdeckten sie Vasilis, der bei einem jungen Mann stand und lebhaft mit ihm diskutierte. Als er Jannis und Elena bemerkte, winkte er sie zu sich heran.

„Was verschafft mir die Ehre? Habe ich Sie neugierig gemacht?“, fragte Vasilis und lachte selbstbewusst.

Elena und Jannis lachten nicht. Stattdessen zückte Elena ihren Polizeiausweis und stellte sich offiziell vor. „Elena Dermitzaki und Jannis Nikopolidis. Wir sind von der Polizei.“

Jannis beobachtete Vasilis sehr genau, doch der hatte seine Gefühle gut unter Kontrolle. Er zeigte keine Spur von Nervosität.

„Was kann ich für Sie tun?“, fragte er kühl. „Die Ausgrabungsgenehmigung liegt in meinem Auto, hier ist alles legal.“

„Das wage ich zu bezweifeln“, erwiderte Elena. „Genau deshalb sind wir hergekommen. Wir haben mit Pardalakis gesprochen.“ Vasilis zeigte keinerlei Regung. Elena sprach weiter. „Er hat uns mitgeteilt, dass Sie Ihre Genehmigung durch eine hohe Bestechungssumme bekommen haben.“

Vasilis grinste frech. „Also so würde ich das nicht nennen. Die Erlaubnis hat einfach etwas mehr Geld als üblich gekostet."

„Das privat an Pardalakis gegangen ist", fügte Elena in einem scharfen Ton hinzu.

Vasilis zuckte mit den Schultern.

Jetzt übernahm Jannis. „So egal kann Ihnen das nicht sein. Bestechung ist eine Straftat. Natürlich wissen Sie, dass Sie die Genehmigung nicht auf legalem Weg erworben haben und deshalb gilt sie auch nicht."

Vasilis Gesicht zeigte jetzt das erste Mal eine Regung. Um seinen Mund zuckte es verdächtig und Jannis sah, wie er um Fassung rang.

„Sie können mir die Genehmigung nicht wegnehmen", zischte Vasilis.

„Oh doch, sie ist nicht rechtskräftig. Sie haben viel Geld für nichts ausgegeben." Jannis machte eine Pause, und Vasilis schaute unruhig umher.

Sein Blick fiel auf Elena. Sie war zu einem hüfthohen Felsbrocken gegangen und hatte begonnen ein Steinmännchen zu bauen. 1 – 2 – 3 – 4 – 5 – 6 Steine aufeinander. Vasilis schnaufte und drehte sich zu Jannis.

„Und was jetzt? Jetzt war alles umsonst?"

Jannis war sich nicht sicher, ob er damit die Ausgrabung oder die Morde meinte. „Ich befürchte schon. Mit Straftaten kommt man in unserem schönen Land glücklicherweise nicht weit."

Elena kam wieder dazu. „Ich muss Sie bitten, die Arbeiten sofort einzustellen und den Platz zu räumen." Vasilis schüttelte heftig den Kopf. „Nein! Das werde ich nicht tun. Denn was soll sonst aus Falassarna werden?" Sein Blick wanderte erneut zu dem Steinmännchen. 1 – 2 – 3 – 4 – 5 – 6.

„Das wissen wir nicht", sagte Elena und begann demonstrativ die Ausgrabungsstätte mit rot-weißem Band abzusperren.

Jannis merkte, wie es in Vasilis brodelte. Er war sich sicher, dass sie ihr Ziel erreicht hatten und gab Elena ein Zeichen.

„Die Strafanzeige wird Ihnen per Post zugestellt. Sie werden sich auf eine hohe Strafe einstellen müssen. Bestechung ist kein Kavaliersdelikt." Mit dieser Starfandrohung beendeten Elena und Jannis ihren Auftritt an der Ausgrabungsstätte und gingen zurück zu ihrem Auto.

Leichenblass starrte Vasilis auf das Steinmännchen. 1 – 2 – 3 – 4 – 5 – 6. Außer sich vor Wut nahm er den obersten, sechsten Stein und warf ihn mit all seinem Zorn Richtung Meer.

58

„Deine Idee mit dem Steinmännchen war genial."

Elena lachte. „Ich weiß zwar nicht, warum es genau fünf sein müssen, aber der sechste brachte ihn anscheinend aus der Fassung."

Als sie wieder auf der Hauptstraße angekommen waren, fragte sie nervös: „Meinst du, Vasilis reagiert sofort?"

Darüber hatte Jannis auch schon nachgedacht. „Ich bin mir sicher, *dass* er reagieren wird. Aber sofort? Aus einem Impuls heraus? Das wäre eigentlich nicht seine Vorgehensweise. Normalerweise ist er vorausschauend und hat alles bis ins kleinste Detail geplant."

„Richtig", stimmte Elena ihm zu. „Normalerweise. Doch wir haben ihn ziemlich gereizt. Jetzt fehlt ihm die Zeit, sich penibel vorzubereiten. Er muss davon ausgehen, dass wenn er die Genehmigung verliert, vielleicht doch die Erlaubnis für das Hotel erteilt wird. Das wird er auf jeden Fall versuchen zu verhindern."

„Das glaube ich auch, Wir müssen ab jetzt auf alles vorbereitet sein." Elena erreichte über Sprechfunk ihre Kollegen, während Jannis den Arzt Alexandros Karagounis anrief.

59

Noch einmal griff er zu dem braunen Lederbeutel. 1 – 2 – 3 – 4 – 5. Alle da. Leise ging er den Weg zu dem Anwesen hinauf. Das schöne weiße Haus war von einer Natursteinmauer umgeben. In der Einfahrt stand das Auto. Er wusste, dass er sich nach der Arbeit stets auf die Terrasse setzte, ein Glas Rotwein trank und Zeitung las. Mehrmals hatte er ihn beobachtet und sich seine Gewohnheiten gemerkt. Vorsichtig lief er über den Kiesweg, immer darauf bedacht, keine Geräusche zu machen. Er musste ihn überraschen.

Langsam tastete er sich an der Hauswand entlang und schaute um die Ecke. Perfekt. Der Mann blieb seinen Gewohnheiten treu. Er saß mit dem Rücken zu ihm. Er hatte es sich in einem Stuhl auf der Terrasse gemütlich gemacht. Vor ihm stand ein Glas mit Rotwein, daneben die angebrochene Flasche. In der Hand hielt er die Zeitung. Wie kann man nur jeden Tag das gleiche machen, dachte er, was für ein langweiliges Leben. Dann zwang er sich zur Konzentration. Er hatte gehofft das nicht tun zu müssen, doch der Lauf der Dinge ließ ihm keine andere Wahl.

Er griff in den Lederbeutel, zog die Handschuhe an und nahm den größten Stein heraus. Er umfasste ihn kräftig mit seiner rechten Hand und atmete fünf Mal ruhig ein und aus, um seinen Pulsschlag zu verlangsamen. Dann sprang er lautlos um die Ecke, riss seinen Arm hoch und wollte mit dem Stein zuschlagen.

Doch dazu kam er nicht. Zwei starke Hände rissen seinen Arm nach hinten, das vermeintliche Opfer sprang auf und half ihn zu Boden zu werfen. Er wehrte sich aus Leibeskräften, doch gleichzeitig sprangen zwei Polizisten aus den Büschen und überwältigten ihn.

Als Vasilis am Boden lag, öffnete sich die Terrassentür und Jannis und Elena kamen heraus. Vasilis sackte kraftlos in sich zusammen. Schlagartig wurde ihm klar, dass er in eine Falle getappt war. Der Mann in dem Terrassenstuhl war nicht Alexandros Karagounis. Es war ein junger Polizist, der die gleiche Statur hatte wie der Arzt.

Alexandros Karagounis trat nun auch auf die Terrasse. Er war mit den Ermittlern und einem weiteren Polizisten im sicheren Haus geblieben. Sein Gesicht war bleich vor Schreck.

„Du Schwein“, zischte er in Vasilis Richtung und ging wieder hinein. Er konnte den Anblick des Mörders seiner Freunde nicht ertragen.

Erleichtert legte Elena Vasilis Handschellen an. Diese Genugtuung ließ sie sich nicht nehmen.

Seit sie in Falassarna losgefahren waren, hatte sie den Archäologen überwachen lassen. Elena war froh, dass alles so gut geklappt hatte. Sie half Vasilis auf die Beine.

„Das war es wohl, *Talos*“, sagte Elena.

Vasilis grinste. Er freute sich, dass sie den Zusammenhang zwischen ihm und dem Riesen entdeckt hatte. Als er die Münze in Falassarna gefunden hatte, war das für ihn ein Zeichen. Genau wie Talos wollte er Kreta vor Unheil beschützen.

Elena schaute ihn nachdenklich an. „Eine Frage habe ich noch.“ Vasilis zuckte gleichgültig mit den Schultern.

„Warum ausgerechnet *fünf* Steine?“

Vasilis schaute Elena entgeistert an. „Alles hat immer fünf!“, rief er verstört und aufgebracht, dass Elena den Zusammenhang nicht erkannt hatte.

„Aristoteles unterschied fünf Sinne: Sehen, Hören, Riechen, Schmecken, Tasten. Es gibt fünf Wundmale Christi. Es gibt fünf Kontinente. Alles ist fünf! Die Zahl fünf ist eine heilige Zahl.“ Vasilis redete sich in Rage. Seine Wangen waren gerötet und seine langen grauen Locken klebten verschwitzt an seinem Kopf. Zwei Polizisten nahmen ihn in die Mitte und brachten ihn zu einem Polizeiwagen.

Elena ging zu Jannis. „Da hat sich aber jemand seine ganz eigene Welt zurechtgelegt“, sagte sie mit einer Mischung aus Belustigung und Abscheu.

„Er hat ab heute viel Zeit, über seine Weltanschauung nachzudenken."

Sie nickte erschöpft. „Danke, Janni. Ohne dich hätte ich es nicht geschafft."

„Doch, hättest du. Du bist eine hervorragende Kommissarin. Auch, wenn ich mir das bei unserem ersten Treffen partout nicht hatte vorstellen können."

„Ach ja, konntest du nicht? Glaube mir, ich war auch nicht begeistert, einen pensionierten Kommissar im Schlepptau zu haben."

„Aber unserer Zweifel zum Trotz waren wir doch erstaunlich erfolgreich."

„Findest du? Okay, wir haben den Fall gelöst, aber bist du zufrieden?"

Jannis legte den Arm um Elena. „Ja, ich bin zufrieden. Sehr sogar."

„Gut." Sie legte ihren Kopf an seine Schulter. „Gehen wir essen?"

„Gerne. Ins *Mylos*?"

„Wo sonst!"

Arm in Arm machten sie sich auf den Weg.